刀語（カタナガタリ）

西尾維新

第一話

絶刀（ゼツトウ）鉋（カンナ）

BOOK & BOX ORIGINAL DESIGN by VEIA

刀語

第一話

絶刀・鉋

插畫：竹
書法：平田弘史

序章

■ ■

京都當時的大小劍術道場計有六百四十五——這自然是表面上的說法，倘若連潛藏於暗地的非法道場也一併計數，數目應是輕易破千；而其中位於左京的冰床道場，在習武之人間可說是無人不知、無人不曉，不僅為戰國時代流傳至今的名家，與幕府將軍家亦是淵源深厚。

在這冰床道場中，七名男子相對而立。

不，以相對而立四字來形容眼下的狀況，似乎不妥；正確說來，是其中六人團團圍住另一人。

要說他們在練劍，似又不然。

六名男子身著人人皆識的冰床道場黑道服，各自豎著木刀；驚人的是，被木刀包圍的男子竟是手無寸鐵。眼前的場面斷稱不上安穩和樂，但男子卻對六人視而不顧，反倒一心注意著腳下的木條地板。

只他一人未著道服，一身襤褸破衣垂在腰間，上半身幾近全裸。他身材削瘦，手腳身軀苗條細長，卻是瘦而不弱，應生肌肉之處皆有肌肉；頭上則是梳了個凌亂的髮髻，渾身上下散發著樸野之氣。

男子側頭思索，一雙眼仍關注腳下。

「怎麼了？」

有道聲音遠遠地從道場角落傳來。

一名女子倚牆悠然而坐，身上衣衫斑斕奪目；她盤坐於視野最佳的位置，笑盈盈地注視男子與其他六人。那女子年歲尚輕，但一頭長髮極不相稱，竟是無瑕無垢的白髮。

「有何心事，但說無妨。」

「嗯，倒也不是心事——」

聽聞白髮女子相詢，被包圍的男子懶散地回話：

「只是覺得這種地方和我真是八字不合。畢竟我是個鄉下土包子，站在這麼漂亮的地板上，說不定還是打從娘胎第一遭呢！」

「原來是這麼回事？」

女子笑得更加開懷。

「這兒雖名為冰床，地板倒也不是真用冰磚鋪成（註1）。話說回來，爾何不留些心力關注周圍這幫人？別以為這些人是嘍囉雜兵，他們個個都是足以名留青史的高手——」

「留不留青史，與我何干？反正我不懂歷史，想也無益。總歸一句，他們全是劍客吧？」

被包圍的男子毫不客氣地說道：

「既是劍客，使的定然是刀劍；只要是使刀劍之人，我斷無不敵之理。」

「好大的自信！我姑且不說爾老王賣瓜，但對手可不只一個，有六個人！」

「六個？依我的算法，是六把。」

「要怎麼算，我管不著；但我倒想請教，爾的手腳加上腦袋，數目還不及這些刀劍，卻要如何應付？照我看來，即使以爾拳法之精，也難以匹敵。欲以赤手空拳挑戰持刀之人，本就太過狂妄；當然啦，若是連這點兒能耐也沒有，便沒資格成為我的幫手。」

1　地板的日文漢字寫作「床」。

「聽了妳這話，我的勁頭就來啦！因為我可是滿心巴望著成為妳的幫手。」

一旁六人微微地縮小包圍網。

此亦當然，這兩人你一言、我一語，對自己視若無睹；即便不是名門道場的精銳之士，也要怒火中燒。

這陣動靜終於令男子抬起頭來。

但他口出之言卻是從容不迫。

「也罷。」

表情亦是從容不迫。

「我懶得想啦！這地方雖然不好活動，倒也不至於滑腳才是——妳就隨便打個信號吧！」

「是麼？好。」

女子點了點頭。

「預備，動——」

「手」字尚未出口，六人的六把木刀便舞動起來。這六道劍痕既是出自於將來的武學宗師之手，斷不會出自相殘殺等紕漏；只見劍光交錯，毫不容情，同時往男子全身招呼。

然而——

「唉！實在麻煩得很。」

男子依舊不見慌亂之色。

豈止如此，他甚至氣定神閒地笑著。

「我不是說了？我這不是拳法，是劍法。更何況對我來說，六把不夠數兒，還少了一把——好啦，獻醜了。」

接著，他身子猛然一沉。

「虛刀流，七花八裂——」

■　■

——如此這般。

姑且以此為題，由此開端。

武俠刀劍花繪卷。

劍劇，武劇，時代劇。
刀語序幕，就此拉開！

一章　不承島

■ ■

那座島與丹後的深奏海岸隔海對望，是個方圓四里的蕞爾小島，連深奏地方的村民都鮮少有人知曉；即便知曉，亦不留意，因為不值得留意。想當然耳，此島並不見載於地圖，甚至連個名字也沒有；過去未曾有人替它命名，這自然還是因為不值得命名之故。總而言之，這座島只是國中無數無人島的區區其一——

不。

這座島的無人史，僅止於二十年前。

二十年前，有一家三口自深奏渡海而來；他們稱這座島為不承島，普天之下，也只有他們三人認為這座島稍有取名的價值。

■　■

「唉……真麻煩。」

時值清晨。

小島中心是座手造的簡陋小屋，屋旁有個男子滿嘴牢騷——他一身襤褸破衣，一頭凌亂髮髻，看來似是剛起床，正懶洋洋地幹著活兒。

他在造木盆。

那空空如也的木盆甚大，說它是只木桶也不過分。

木盆與小屋一般簡陋，乍看之下，彷彿是以繩索隨意捆縛而成，卻是滴水不漏。男子將木杓丟入盆中，背起木盆；捆縛木盆的繩索繞成背帶，直接掛在雙肩上。

這會兒，他又在心裡嘀咕了一句「真麻煩」。

這是極為尋常之事。他並非獨厭木盆與木杓，萬事萬物對他而言，都是麻煩；別說是早上起床，連晚上就寢時，他都是一面犯嘀咕，一面闔眼。

「嘿咻！」

饒是如此，他依舊一板一眼地幹活兒，只是動作在在顯得懶散。正當他睡眼惺忪地起身，朝山裡邁開腳步時，小屋的門開了。

「七花。」

有道聲音從小屋中叫住了男子。

七花。

鑢七花——這正是這名男子的名字。

「你在做什麼？七花。」

「啊……」

七花的表情由睡眼惺忪轉為尷尬困窘，想別開視線卻又別得不徹底，一雙眼在空中游移，態度活脫是個惡作劇被逮住的孩子。當然，七花的年齡早已不能稱為孩童，體格也相去甚遠，更不曾惡作劇；然而，在步出小屋的人兒——姊姊七實眼前，他永遠都與孩童無異。

鑢七實。

相對於充滿野性的弟弟，她出落得楚楚可憐——無論膚色或姿態，皆如精雕細琢的瓷器，美麗溫婉——卻又脆弱易碎。她身上只披著襦袢，手安在門上，冷冷地瞧著七花。

七實以不露感情的語氣再度問道：

「我問你做什麼呢！」

「沒，沒什麼……瓶裡的水所剩不多，我想去打水。姊姊，妳睡著吧！穿得這麼單薄到外頭來，會著涼的。」

「打赤膊的你有臉說我麼？不要緊，讓身子吹吹風，反而舒服。別提這個了，七花，我記得今天的家事該輪到我來做。」

「嗯——是沒錯。啊！不，是嗎？呃……」

七花結結巴巴，顯然慌了手腳。

「唉，有什麼關係？就當成是練功——」

「七花。」

七實冷冷地喚道。

她那不容分說的口吻，已足以讓七花閉上嘴巴。

「別把我當玻璃娃娃看待——我不是常這麼說麼？」

「不，我沒這個意思──」

「水我自己能打，我可不記得教過你使這種多餘的心眼兒。再說，什麼練功？」

七實揶揄似地嘆了口氣，慵懶地說道：

「練了又有什麼意思？」

「怎麼會沒意思──」

「難道不是麼？這流派橫豎斷在你這一代，維持它又有什麼意思？」

「…………」

姊姊的語氣令七花沉默片刻。

見了弟弟這番神色，七實再度嘆氣；她是個適合嘆氣的女子。

「犯不著自找苦吃吧？」

「唉……唉呀！姊姊，妳何必澆我冷水？我可是卯足了幹勁，昨兒個還在想絕招呢！我想創個氣勢非凡的招數。」

「欸，七花。」

七實不容他岔開話題。

無計可施之下，七花只得心不甘情不願地答應：

「……什麼事？」

「爹已經死了快一年，也該是時候了。」

「該是什麼時候？」

「你既能紮木盆，當然也能紮隻船。」

七實指著七花背上的東西，平平板板地說道：

「原本被流放的就只有爹一個人……我是不中用的了，但你隻身闖蕩應該不成問題。」

「別胡說了！」

直到此時，七花才強硬地打斷姊姊的一番話。

「我和姊姊一樣，自有了記憶時便已住在這兒，事到如今，哪還能回本土？鐵定落得迷路東西、橫死街頭！」

「就算如此……」

「我也不覺得維持流派有啥意思，只不過這是爹留給我的唯一一件東西，能多珍惜一刻是一刻。」

「呵！」

七實促狹地微笑。

「我竟不知道原來你是這麼一個孝子！」

「姊！」

「好了，隨你高興，想打水就去吧！這事我們下回再說。才剛起床，或許不該談這些。早飯我來煮，水還有剩吧？」

「嗯，還剩一些。」

「你去吧！……待會兒讓我見識見識你的新絕招。」

說著，七實便回到小屋中，關上了門。

七花見狀暗自慶幸，嘆了口氣。這個人高馬大的男人嘆起氣來和他的姊姊不同，一點兒也不好看。

「唉……我早料到姊姊有一天會提起這事，沒想到是今天。話說回來，姊姊也真是強人所難，紮木盆和紮船完全是兩回事啊！」

倘若是二十年前獨力築起這座小屋的父親便罷，但他是決計辦不到的。

因為這座島上連半把刀也沒有——

這並非比喻之詞。

七花和七實被困住了。

為這座島所困，為父親所困，為流派所困。

孝子。

「…………」

是嗎？

七花說打水也是練功的一環，自然不全是謊言（至少對練功不是毫無助益），但把這個舉動和孝子二字連結，卻教他五味雜陳。

有大亂英雄之譽的偉大父親。

相較之下，一事無成的兒子。

大半輩子都在這座不承島上度過的七花，自然沒機會建功立業；但這種對比仍教七花的劣等意識油然而生。

為了維持流派，父親直到死前，都還在傳授七花武藝。

這是父親傳下的流派，七花才珍惜如斯。

然而，誠如七實所言，若是七花終生困於此島，流派也將斷在七花這一代。不光是七實，七花與父親亦明白該另尋活路，只是心照不宣罷了。

饒是如此，七花對外界一無所知，亦無意求知。這種麻煩事，他向來敬而遠之。

「……上路吧！」

七花抖動背部，調整木盆位置後，便邁向山中。

不承島上雖是一無所有，所幸還有地方可供汲水，否則他們全家早渴死了。但那水源既非河水，亦非井水，卻是山中湧泉。這整個島便像座山，七花也不知道哪兒算山、哪兒不算山（勉強說來，除了沙灘和小屋所在的平地以外，全都是山）；總之汲水場是位於險峻的深山中，七花不願讓姊姊到那種地方打水。因此，父親死後的這一年來，七花總趁輪到自己做家事時不著痕跡地把水添滿，但終究還是露出了馬腳；這麼一來，他擔去了絕大部分重活兒的事，也會跟著曝光。無可奈何，這個不機靈的弟弟能瞞住精明的姊姊這麼久，已經是奇蹟了。

——氣色。

七花回想起姊姊的氣色似乎欠佳，應非早起之故。

七實的肌膚白皙晶瑩得透青，普天之下能判斷出她氣色好壞的，恐怕只有這個弟弟了。

七花懷疑她是否又受了風寒。

她說吹吹風反而舒服，莫非是發燒了？

明眼人一見鑢七實，便知她體弱多病；夜晚碰上了，就算不當她是鬼，只怕也會以為是出竅的遊魂。近來她的身體狀況還不差——七花並不認為是自己擔起家事之功——

但如今發現了弟弟自作主張，只怕要她休息，她是萬萬不肯了，說不定還會拚命幹活兒，把從前的份補回來。這個姊姊和凡事懶散的弟弟正好相反，最討厭休息。乍看之下，七實的憊懶之態似乎與七花相似，實則不然；她顯得憊懶，只是因為身子孱弱而已。

她巴望幹活兒，偏生體弱多病。

又或許因她體弱，才巴望幹活兒——人總是追求自己所無，期盼自己所不能；鐃是七實亦然。

但七花卻又不同。他鄙厭自己所有，嫌棄自己所能——

孝子？

大亂英雄？

七花思緒且停，閉上雙目；他開始犯頭疼。

七花不擅思索，不愛動腦，最討厭錯綜複雜的道理；但姊姊卻長於此道。

他們姊弟倆便像是弓與弦——

不，該說是破鍋配爛蓋。

凡事只能順其自然，隨遇而安——這是七花的看法。既然如此，坐而思不如起而行。

「唔……？」

此時，七花突然察覺了。

父親死後，最熟悉這座島的便是七花；不，說不定連父親在世時亦不及七花。這座島原本就小，一草一木，七花自詡皆瞭若指掌；因此，只要島上有變化，即使是微乎其微，他仍能察覺。

「…………」

地面略顯凌亂，細看之下，原來是道腳印；那腳印雖嬌小，卻顯然出自於人。

是雪屐的印子。

七花頭一個想到姊姊七實，但又不太可能。第一，七花不記得自己造過雪屐；第二，這腳印尚新，七實斷不能後來居上，趕在前頭。雖然七花今日大反常態，一面思索一面行走，但他幾乎是直線移動；而七實身體孱弱，連烏龜都追不上，又是個無藥可救的路痴，若是和人比賽跑到山腳，只怕會往海邊跑。

但這座島上只有七花與七實二人，不是七實，又非七花，卻會是誰的腳印？

以消去法來想——不，哪種方法都一樣；不不，連凡事不加思索的七花也能得到一個簡單明瞭的結論——除了他們姊弟倆，還有外人在島上。

七花並不在意，只是嫌麻煩；他甚至認為打水要來得重要許多。

說歸說，他卻不能撒手不管。父親流放至此的十九年間，一向嚴防外人入島；雖有幾次險境，終究沒讓人踏上島內一步。

頭一號客人終於上門了嗎？

說來奇怪，竟是挑在父親死後。

「要是爹還在，八成一劍刺死他；但我該怎麼辦？歡迎他嗎？還是交給姊姊拿主意吧！」

七花一面自言自語，一面換了方向。他對不承島瞭若指掌，是以猜得出腳印主人的心思；來人貪圖輕鬆，淨揀好走的路走，但這麼走下來，卻像隻無頭蒼蠅。雖說深山裡的道路向來是似有若無，可這般走法未免太漫無目的——即便有，也是完全不識路途。

又或者和姊姊一樣，是個路痴？

若是七實便罷，尋常人在這種山裡迷路，往往再也走不出，只能葬身山林。但仔細一想，七花從未見過「尋常人」；二十年前跟著父親來到島上時，他年僅四歲，根本沒見過「尋常人」與「外人」。七花所知的「人」只有兩個——一個是一年前過世的父親，一個是相依為命的姊姊。縱使父親教過他些許「外界」之事，也只是書本上的知識而已。

論常理，鑢七花對這陌生的腳印及腳印的主人該更懷戒心，至少該多加思慮；但很遺憾地，他天生是把懶骨頭，與思慮二字無緣。

倘若七花此時沒折回去找他那生長於相同環境卻心思縝密的姊姊商量，也不至於捲入之後的麻煩事端……不，是冒險傳奇；只能說世事果真無法盡如人意。

然而，凡事只能順其自然，隨遇而安。

七花觀視被拂開的攔路枝椏，推測腳印主人的身高；來人個頭似乎不大，卻也不似孩童般嬌小。原本他見腳印小，猜想或許出自孩童；但如今這個可能性消失了，來者應是個成年女子。

七花的思路便在成年女子上打住，並未更加深思。

唯獨有件事，梗住了他不靈光的腦袋——即是腳印的深淺。地面並非滑溜溜的泥土，是以不甚分明；但左腳的足跡，卻比右腳來得深。

來人的左半身可是負著行李……？

而那行李的重量應該不輕。

「……唔。」

只不過，對七花而言，這依舊是「唔」一聲便行帶過的小事。

不消片刻，七花的猜測便被證實了。七花雖然削瘦，卻是人高馬大；腳印的主人是名女子，身負重荷，又不識山中路徑，七花追不上才奇怪。

只見那女子身形纖瘦，長髮潔白無瑕，乍看之下難辨年紀，卻是個年輕姑娘；一頭髮絲未曾盤結，與姊姊七實一般披垂而下，衣著繡以金線，璀璨奪目。這副裝扮並不適合在山裡走動，事實上，她的裙襬也早被突出的枝椏勾得破破爛爛；但女子衣著原就不整，是以不顯突兀。她身上的飾品樣樣璀璨生光、華麗豪奢，分開時沒得挑剔，但合在一起卻嫌裝飾過度，以尋常審美觀而言，教人有些不敢領教。

只不過，不識「尋常」為何物的七花見了這身裝扮依舊不為所動，對於那頭放著異彩的鶴髮也毫無感想。引他關注之事，唯有一件。

女子的左腰上佩著刀。

原來那沉重行李竟是把刀。

「這座島上沒掛禁止進入的牌匾，外人想來便來。不過——」

七花毫不遲疑地開口攀談。

由這點亦可看出他是初生之犢不畏虎；照理說，應該先觀察片刻動靜，再採取行動才是。

「唯獨有件事，是這座島上不能見容的——嚴禁攜帶任何刀械入島。」

「…………」

這道聲音來得突然，女子卻毫無驚訝之情，回過頭來。

她生了雙上揚的鳳眼，五官看來有股倔強神氣，毫不掩飾權貴氣息。

那對鳳眼先凝視七花，又看了看自己的腰間。

「失禮了。」

她姑且賠了個禮。

「不知者無罪，尚請海涵。」

「……也罷，反正規矩不是我訂的。」

是他父親訂的規矩。

正因為這套規矩，七花與七實無論煮菜、幹活兒，都沒刀可用；只不過二十年來始終如此，如今也不覺得有何不便。這麼一提，這是七花初次見識真刀。

或許來到島上之前他曾看過，但四歲童蒙哪記得了這些？即使二十年前曾見過，也和初次見識沒多大分別。

原來如此，那就是刀啊？

確實沉甸甸的。

「妳怎麼來這座島的？」

「自然是乘船而來。」

女子想也不想，一口答覆。

除了乘船，還能怎麼來？這話問得著實丟臉。

然而，七花卻毫無羞慚之情，繼續問道：

「來做什麼？」

他非因好奇而問，只是父親與姊姊交代在這種關頭得如此相詢，他謹遵成命罷了。七花的腦袋並未等待回答，而是思索接著要問什麼話，又想起該先問姓名才對。

「唔！聽聞虛刀流第六代掌門鑢六枝前輩住在此島，爾可識得？」

「第六代掌門在一年前死了。」

七花回答。

原來是來訪父親的？

這麼說來，她倒非漫無目的。

聞言，女子面露些許訝異，卻又立即恢復泰然之色，點了點頭：

「是麼？這情況我也料想到了，畢竟已過了二十年。這麼說來，爾是——」

「現在的掌門是我，我是虛刀流第七代掌門人，鑢七花。」

「哦！」

女子恍然大悟地笑了。

「仔細一想，這倒也當然——我這話問得蠢了。這座島上只有六枝前輩與他的家眷居住，爾必然是——」

「對，我是他的不肖子。」

「原來如此，體格不差，外貌也還過得去，算是及格。」

「及格？什麼意思？」

「唔？哦，這是我個人之事。」

「妳找我爹有事？對不住，他——」

「我原是要找令尊，但現在情況有點兒不同。我要找的是虛刀流掌門。」

女子說道：

「因此，我尋訪之人已從六枝前輩變為爾——七花。遲未報名，尚請恕罪。

我叫咎女，為奇策士。」

「咎女？」

怪名字。

還有，她接著說了什麼？

奇策士？

這是七花初次主動興起發問之念，但女子卻搶先了一步。

「先讓我試試虛刀流吧！」

語畢，女子倏地抽出左腰間的刀。

那是把長四尺、弓幅不足兩寸的細刃長刀，刃紋為地寬刃窄的直刃紋，刀身上雕著一頭虎。

「這是富岳三十六刀工之一，壬生傘麿的早期作品。我原估量這把刀尚不足以測試大亂英雄鑢六枝的實力，但如今既是他的公子當對手，應是旗鼓相當。」

「測試？什麼意思？」

「無須多問，正是字面上的意思。接招！」

七花雖是初次見識長刀——且是攻向自己的長刀——卻完全不為所動。長刀確是乍看初見，但自入島二十年來，他無一刻不想像著刀的模樣；即使身為第六代掌門的父親過世，他也未曾怠慢練武。

因此，鑢七花絕不畏懼刀劍！

然而——

「嗚呼！」

他終究未能在這個場面下展露虛刀流各式不宣於外的絕學；因為威喝一聲、掄刀進攻的女子——咎女竟被腳邊突起的小石塊絆住，跌了個狗吃屎。

這便是虛刀流掌門鑢七花與奇策士咎女的相逢初識。

當年嗚呼一詞尚非古語，其時正值元月中旬。

■　■

虛刀流，取字於馮虛之虛，刀刃之刀，奔流之流。

起源自戰國亂世。

開山祖師為鑢一根。

古往今來，日本刀皆是單人武器中最為傑出的一種；這是鐵一般的事實，相信未來也不會改變。日本刀的長處不勝枚舉，若要姑且列出兩項，便是既長又重。長利於斬敵，重利於傷敵；欲提升一個人的戰力，最重要的莫過於此。然而舉凡天地萬物，有利必有弊；正因為既長又重，反而不利揮動。

祖師一根尋思道：劍客乃是天下間最強的生物，但真正的最強，卻容不得任何弱點——即使得為此捨去長處。接著他所策劃之事，只怕已達開國以來任何劍客所未臻之境地。

一言蔽之，他捨棄了劍。

不用刀劍的劍客才是真正的劍客——這是他找出的答案。接下來的十年裡，他隱居於深山中，嘔心瀝血地創出了虛刀流，並投靠創立現幕府有功的六大名之一尾徹家，憑藉一身武藝威震戰國。

他用的並非拳法，而是劍法；

而這套劍法無須空手入白刃，便能殺人。

相傳如此——

這些真假未明的傳言，尚為外人所知；然而虛刀流究竟如何不用刀劍而使劍法，卻是無人知曉，甚至連謠言亦不可聞，完全是不宣之祕。欲一窺廬山真面目，只能拜入虛刀流門下，或與虛刀流為敵——前者難如登天，因為一根訂下虛刀流只傳子嗣、不傳外人的規矩，當真是杜門不出的絕藝。因此，有心人只能攜刀帶劍，上門討教；窺知虛刀流之際，亦是敗北之時。縱使撿回了一條命，一般人也不會四處張揚自己擐甲執銳卻不敵赤手空拳的醜事。

置身於黑暗中的流派。

虛刀流只在開山祖師鑢一根與第六任掌門鑢六枝兩代才得以稍見天日——戰國與大亂，唯有於戰場的混亂與混沌之中，這門武藝才能無所顧忌地發揮。

而花了十九年光陰學成第六代掌門鑢六枝之藝的鑢七花，便成了虛刀流的現任掌門。

「咎女姑娘——我沒叫錯吧？」

鑢七實的音色平靜，教人絲毫感覺不出她的千頭萬緒。

話說那名為咎女的女子跌了一跤，竟爾昏厥；七花只得將她裝進原本預定裝水的木盆中，重新背回小屋前。此時七實已換上小袖，見弟弟尚未汲水，卻背了個女人回來，微微蹙起秀眉——當然，她並非為了弟弟沒打水而蹙眉。

兩人商議之下，認為不宜將昏倒的姑娘家就這麼擱在盆中，便合力搬入小屋裡去，並趁機收去她腰間的兵械。若是她醒來又亂揮這玩意兒，那可大傷腦筋——不，回想起方才的場面，似乎也不大值得傷腦筋。

雖說七實待在本土的時間比七花長，但對她而言，咎女仍是暌違二十年的生人；饒是如此，面對這不速之客，七實卻顯得相當冷靜。這並非因為她和七花一樣不動腦筋，而是平時就已盤算好應對之道。七實便是這般心細如髮之人，縱使天塌下來，她亦能泰然以對。

小屋中只一間房，環堵蕭然。

姊弟倆一面吃早飯，一面商議今後之計；當他們吃完飯時，正好躺在房間角落的咎女醒來，於是七實起身，將事先備好的開水遞給她。

「姑娘是這座島上的第一個客人，如有招待不周之處，還望多多包涵。」

「不，我貿然來訪，才是失禮。」

咎女一面從七實手中接過開水，一面答道。七花暗想：她曉得爹有個兒子，可知道有無女兒？咎女方才的口吻，顯然瞭解不少內情；那麼有無女兒這等小事，自然也該知曉——一般人不難猜到這節，但七花連猜都懶得猜，又想即便她原先不知，見了這情況也能判斷，便打消代為引薦的念頭。

當然，面面俱到的姊姊打一開始便沒期待她這怠惰散漫的弟弟代為介紹自己。

「我是鑪六枝的女兒，賤名七實。」

她說道，接著又立刻進入正題：

「聽說咎女姑娘是來找家父的，不知姑娘與家父有何淵源？」

「我沒見過令尊，也算不上有淵源。」

「沒有麼？」

「沒有。」

咎女斷然說道：

「當我是個單純的不速之客即可，七實。」

縱使七實話中充滿緊張與戒心，但始終溫文有禮；相較之下，咎女態度傲慢，完全不似因貿然來訪而抱歉。她面對七花時已是直接呼名道姓，對七實自然也一樣。一個被石塊絆倒而在額頭跌出個腫包的人擺出這等態度，只是徒增滑稽而已；但轉念一想，她方才在山林之中迷失路徑，狼狽不堪，卻還能如此自尊自大，或許不該說她滑稽，反該說她從容大器。七實認為她是滑稽或大器，不得而知，總之並未因此心生不悅。

話說回來，咎女的態度如何，七實原本就毫不在意；她關心的只有咎女的來意。雖然虛刀流的掌門是七花，但父親死後，鑢家的一家之主卻是她鑢七實。

「刀我們先代為保管了。舍弟應該對姑娘說過，這座島上不許帶刀，亦不許用刀。」

「唔，這是虛刀流的規矩？」

「正是……對了，咎女姑娘，聽說妳對舍弟動刀——」

「我是想用最快的方法見識虛刀流的真髓。不過，所謂隔行如隔山，畢竟我是奇策士，並非劍客。」

「可是……」

七花插嘴：

「妳拔刀時倒是挺有架勢的。」

只有拔刀時有架勢。

「哈！」

咎女慨然笑道。

「因為我就練了拔刀這招。」

「……………………」

怎麼不整套練完再來？

七花忍不住如此想道。

「這方法未免太過魯莽，不值得嘉許。」

「爾自有爾的看法，但我也有我的盤算。虛刀流的鑢六枝，我是只聞其名，未見其人；若是認錯了人，後果不堪設想。倘若能引對方展露幾手虛刀流的絕藝，豈不是最為牢靠的名帖？」

「即使六枝換作七花亦然？原來如此。」

七實點頭，接受了這番解釋。

會接受這種解釋，說來也挺怪的。

「那麼——妳要再試一次麼？」

七實瞥了牆角一眼，收來的刀便立在那兒。

「我倒不建議妳這麼做——虛刀流是徹頭徹尾的殺人劍法，只是不用刀劍而已；所重者為必殺，卻非不殺。被石塊絆了腳，是妳的運氣好；要是刀身碰著了七花的身子，可不是額頭上腫個包便能了事。」

七實的口吻倏地降低了房裡的溫度，令人不寒而慄。

雖然她喜怒不形於色，其實卻對咎女向弟弟動刀之事大為憤慨。

咎女為此訝然，但七花較她更為詫異。七花原想辯稱自己懂得分寸，否則如何餵招練武？但這一驚訝，卻妨礙了他的辯解。

「不，這番話我就當成虛刀流的名帖收下。我還珍惜自己的性命，不能葬送於此。」

「是麼？那麼，就請姑娘說明來意吧！」

七實道。

此時主持大局的顯然是七實，而話題的中心是咎女；七花雖略感疏離，但他生性粗率，並不放在心上，反而樂得交給姊姊發落。

然而，此時咎女話鋒一轉——

「虛刀流第七代掌門。」

轉到了七花身上。

「爾可想得天下？」

「不想。」

「此亦當然。人生於世，孰無大志？斷無須以勃勃野心為恥。先前的大亂雖是記憶猶新，但叛亂者的雄心壯志，卻是無可厚非。追本溯源，當今將軍家，不也是以下犯上而來？大丈夫志於逐鹿中原，自是無須躊躇——什麼？不想！」

遲來的反應，乃是任何時代皆有。

「嗯，也不是不想……」

見她突然將話題轉向自己，七花不加思索便一口否定；但仔細一想，其實他完全不明白咎女的言下之意。沒錯，不明白這三字，才是七花的真正答案；突然提起天下，只令他一頭霧水。對七花而言，這座不承島便是天下，早已是他的囊中物，哪還有想不想得的問題？

這興趣缺缺的含糊反應，令咎女的表情略微僵硬；見狀，七實從旁打圓場。

「咎女姑娘，我們是在孤島之上長大的，不懂世事；若是妳先說結論，或是話意太隱晦，只怕我們難以領略。」

「唔……是麼？」

咎女頷首，說道：「嗯，但如此一來，便得請七實暫行迴避；因為這事我盡量不想外洩——」

「這可不成。」

七花沒等咎女說完便打斷她，但他這回並非是不加思索地一口拒絕。

「理由有二。第一，虛刀流為血緣武藝，即便我爹在世，也會要求我和姊姊在座；另一個理由是……我不愛動腦筋，那些拉三扯四的話我聽不懂；假如妳有要事商談，我姊姊在場，反而有利於妳。」

「……也對。」

雖然咎女依舊不改傲慢之態，卻輕易屈從了七花的意見。唉，第一個理由便罷，聽了第二個理由，想來她也不得不讓步。

「確實如爾所言。我便一五一十道來吧！請二位務必保密。」

「拜託妳盡量說得淺白一點兒。」

「有個刀匠名曰四季崎記紀，爾可曾聽過？」

「沒聽過。」

「此亦當然。縱使索居於偏僻小島，身為劍客，豈能不聞其名？即便是不用刀劍的虛刀流亦然——不，對於不用刀劍的虛刀流而言，四季崎記紀堪稱天敵；無論開山祖師或第七代掌門，應該都是一般想法——什麼？沒聽過！」

反覆技法，

亦是任何時代皆有。

「七花，怎麼會沒聽過？爹提過好幾次啊！四季崎記紀……是戰國時代有名的刀匠，是不是？咎女姑娘。」

「……？爾等知曉的只有這些？」

咎女滿心狐疑地詢問七實，她似乎認為七花不問也罷——此乃明智之舉。既然姊姊如此說了，爹應是提過那個刀匠之事；只不過，七花早已練就了一身與虛刀流毫無干係的絕活，只要稍難的字眼便左耳進、右耳出，是以全然不記得。

「那個四季崎是何方神聖啊？妳剛才說的，呃，什麼來著？對對對，富岳三十六刀工的其中一人嗎？」

「不，非也，豈止如此……七實，六枝前輩究竟談過多少四季崎記紀之事？」

「就如方才咎女姑娘所言——家父曾說此人與虛刀流正好相反，似乎與虛刀流的開山祖師因緣不淺。」

「還有呢？」

「就只有這些。是何因緣，我也不知。」

「…………」

咎女默然沉思。這兩人竟如此不識那刀匠，令她大為困惑。光是七花便罷，連七實都不知情，足見他們的父親鑢六枝並未深談那刀匠之事。但這又是何故？

咎女腦中千思百轉，七花卻是想也不想，只希望咎女別賣關子，快快說明那刀匠之事，但同時又覺得她不說也罷。

「戰國之世，乃是我國有史以來劍客最為活躍的時代；戰場上的主角並非大名或諸將，卻是他們。」

咎女終於開始說明，但她豈止一五一十，竟是從零娓娓道來。

「虛刀流開山祖師鑢一根亦是其中之一。而暗地裡為戰國之世添輝的，便是鐵匠、刀匠、鑄劍人。倘若劍客是戲子，刀匠便是幕後推手——不，是腳本家；畢竟若無刀劍，劍客便無用武之地，普天之下也只有虛刀流能例外。」

「是啊！」

七花點頭附和。這話他倒還聽得懂，甚至頗希望話題就此告終，但畢竟難以如願。咎女繼續說道：

「方才提到的富岳三十六刀工，只是九牛一毛；而當中異端中的異端，便是四季崎記紀。他不屬於任何流派，孤傲不群，卻是最能支配戰國的刀匠。」

「支配戰國？這話我不明白——」

對於七實的疑問，咎女回道：「和字面上的意思相差無幾。」

「虛刀流投入戰國六大名之一徹尾家麾下，但四季崎記紀不然，他不屬任何一國、任何一家，將自己所造之刀播於全國，毫無節操；二十五國中，共計有刀千把。」

「千把——倒是不少啊！」

「千把——倒是不多呢！」

七花與七實的意見相悖，只見他們兩人互看一眼——

「……好吧，不多。」

讓步的卻是七花。

這對姊弟孰強孰弱，一眼便知。

「二十五國中，共計有刀千把；那麼一國可是分到了四十把？」

「不，各國擁刀之數，俱不相同，這正是癥結所在。若繪成圖表，便是一目了然——二十五國的優劣，取決於四季崎之刀的多寡；四季崎之刀越多，交戰時越占上風。這不叫支配戰國，該作何解？我所說的，正是此意。」

「……這話該反過來說才是吧？」

七實略微遲疑地說道：

「正因為擁有戰無不克的強大國力，方能大量蒐集四季崎之刀。」

「此言甚是。」

咎女一口肯定七實的見解。

「但世人卻錯以為擁四季崎之刀者制天下。不受這般錯覺束縛的，唯有置虛刀流於帳下的徹尾家……或許六枝前輩未對爾等深談四季崎記紀，亦是緣於此。」

緣於虛刀流的自負？

七花雖覺得父親並非這種人，卻沒說出口；這倒不是因為他嫌麻煩，而是他對四季崎記紀這號人物產生了些許興趣，不願岔開話題。

原來如此。

棄絕刀劍的劍客與支配戰國的千把刀——

的確與虛刀流完全相反。

「且聽我說個象徵性的故事。七花，當今尾張幕府成立之前，有號人物曾在戰國末期短暫地一統天下，爾可知是誰？」

「知道。」

「哼！這點常識，爾倒還懂得——什麼？爾知道！」

「嗯。」

「唔……」

咎女心有不甘。

無三不成禮，更該是任何時代皆然啊！

「他是什麼地方的人來著？對了、對了，四國的土佐。他和阿波、讚岐、伊予結盟，以四國制全國，後人稱之為舊將軍，是吧？」

光這點兒常識，其實還算不上詳知內情。七花與七實的父親曾教授他們各門學問，而七花只是碰巧記得歷史課的一環罷了。

舊將軍。

為長達兩百五十年的戰國時代畫下休止符的大名——但他一統天下時年歲已高，又兼後繼無人，是以未能改元建制。他成了「將軍」，卻成就不了「將軍家」。饒是如此，舊將軍之力仍是不容小覷；六枝曾說過，當今尾張幕府能成立，全是仰賴舊將軍的功績。

「那位舊將軍也有四季崎記紀的刀麼？從剛才那番話來想，他擁有的刀應該最多才是——」

「沒錯。」

咎女肯定了七實的推測。

「一統天下之時，舊將軍擁有的四季崎之刀共計五百零七把，已過了半數；對於懷有錯覺的人而言，如此尚不能得天下，才是匪夷所思。」

「過半數？看來他可費了不少心血收集啊！真是小孩心性。」

「或許該說是貪心，所以他才能得天下，即使為期不長。接下來這番話我原打算稍後再提，但現在不妨順水推舟，談上一談。天下統一後，舊將軍頒布的政令雖然不多，其中卻有一項格外重要——並非對我而言，而是對天下而言。爾可明白是哪道政令？」

「不明白。」

「啊？唔……」

面對這姍姍來遲的第三次否定，咎女猶豫著應否反脣相譏，一時間反而語塞；這回她的反應不太靈光。

「由前言後語推敲，應該是獵刀令吧！」

說話的是七實，她似乎早已習慣弟弟的言行。

「獵刀令，日本史上最為愚昧的惡法之一——據說也是舊將軍的天下終於一代的原因之一。」

「哦！我想起來了。」

七花說道。他並非是聽了答案才裝出恍然大悟之態，而是真的想起來了。這也是六枝在歷史課上說過的——獵刀令，以鑄造大佛需要材料為由，強逼全國百姓繳納刀劍的荒唐法律。

「但那只是表面話，其實舊將軍獵的是劍客——對吧？他想將武士與劍客從日本連根拔除。還有人說這法令堪稱為劍客廢止令呢！」

「背地裡確實有此一說。舊將軍出身士卒，正是憑著一把劍打天下的人，比誰都瞭解劍客的可怕之處；他必然認為世上的劍客有自己一人便足矣。當然，表面上的理由亦非謊言；土佐鞘走山清涼院護劍寺確實立了座俗稱『刀大佛』的佛像，便是以獵刀令徵集而來的刀劍鑄成。如今鞘走山以『清涼院巡禮』聞名，前往參拜的劍客絡繹不絕，已成了不折不扣的觀光勝地。」

此時，咎女側眼窺探七實，想瞧瞧她是否已猜出下文；七實領會，便接著說道：

「不過，背地裡和表面上的理由皆非真相——是麼？獵刀的真正目的，卻是在於收集四季崎之刀。」

「半分不差。」

此話深得咎女之心，只見她猶如說書人一般拍膝說道：

「非但其餘大名坐擁之刀，舊將軍連平民百姓手上的刀也不願放過；他想集齊四季崎的一千把刀，獵刀令正是為此而生。舊將軍認為自己能得天下，全賴四季崎之刀。錯覺，是麼？說不定是妄想，但他深信不疑。要說真相，這對舊將軍而言才是鐵打般的真相。他為了更加穩固自己的基業，便欲將剩餘四百九十三把刀亦納入囊中。」

「所以才定了那個惡法？」

七花只覺得啼笑皆非。

「權力這玩意兒啊，萬萬不可所託非人。我倒覺得消滅劍客那個理由要來得像樣多了。」

「或許吧！獵刀令行於民間三年，大佛造了一座，劍客未能消滅，卻替舊將軍蒐集了十萬把以上的刀。」

「十萬把——倒是不多啊！」

「十萬把——倒是不少呢！」

七花與七實的意見再度衝突。

誰先讓步，自是無須再提。

咎女亦表贊同之意：「為了五百把刀而徵收十萬把，確實太過火了。這十萬把刀中，絕大多數都是尋常無奇的庸品，但四季崎之刀卻也蒐集了不少。四季崎之刀大多歸戰國大名所有，自然不難蒐集；倒是能囊括過去不知去向、落在平民百姓手上的刀，才是大功一件。」

「不少？不是全部啊？」

「並非全部，只蒐集到四百八十一把；合計下來，舊將軍最後擁有的四季崎之刀共為九百八十八把。」

「這話不對吧？獵刀令不是三年便停了嗎？會停，當然是因為已經集齊了啊！不，不對——原來如此，有些刀在戰亂中斷了或損了，是吧？」

「不，非也，而是舊將軍最後死心了。」

「死心？」

連天下都已納入掌中的人，竟會死心？

「獵刀令雖是惡法，但法畢竟是法，成功地查明千把刀的下落——卻也僅止於查明下落。」

「既然知道下落，當然便能得手。現在是加了個舊字，但他當時可是天不怕地不怕的將軍；即使所託非人，權力依舊是權力啊！」

「凡事豈能盡如人願？方才我也說了，四季崎記紀打造的刀絕非尋常刀劍所能比擬；老實說，那種玩意兒能否稱之為日本刀，我也不明白。那千把刀是秉持著『非是人用刀，而是刀造人』的信念打造出來的，有人稱之為變體刀；我認為這個名稱較為貼切。」

「異端中的異端——是麼？」

「沒錯。而餘下的最後十二把更是搶手貨。據說舊將軍蒐集的九百八十八把，便是那十二把刀的試作品。」

「為了造那十二把，竟打了千把刀？」

「其瘋狂程度，不下於為了五百把刀而徵收十萬把吧？」

咎女如此譏諷，並從懷中取出一張紙。

紙上以硃砂如此寫道：

絕刀・鉋　　斬刀・鈍
千刀・鎩　　薄刀・針
賊刀・鎧　　雙刀・鎚
惡刀・鐚　　微刀・釵

王刀・鋸　　誠刀・銓

毒刀・鍍　　炎刀・銃

「這些刀名倒是頗為奇特。」

首先發表感想的，便是七實。

「每把都很有名麼？」

「若論有名無名，當屬無名；不過，這些刀的凶猛程度，可是那些名聞遐邇的名刀或妖刀所遠遠不及。我舉個例吧！比方這第五把刀——」

咎女將紙片置於地上，以食指指出刀名。

賊刀・鎧。

「舊將軍頒布獵刀令後，不久便發現了這把賊刀『鎧』；當時擁有此刀的是在瀨戶內海作亂的海賊頭目。這種人一來沒得談判，二來斷不會遵守獵刀令，因此舊將軍立刻頒布另一道律令，即是海賊取締令。表面上打著維持治安的義旗討伐海賊，其實是趁機奪取四季崎之刀。」

「就為了一把刀，這麼大費周章？」

「沒錯。這只是序曲，舊將軍還幹了不少好事。海賊取締令是其中較為正當的法令，卻失敗了——舊將軍麾下的精兵猛將竟輸給了一把刀。」

「輸了？」

「全軍覆沒。當然，這種事不會記載於青史之上。這是舊將軍初次領略四季崎記紀完成形變體刀的恐怖之處，而這種滋味他在三年內嘗了十二次。」

「…………」

沉默斗然降臨。咎女正色說出的這番話是多麼荒唐無稽，連這對生長於孤島的姊弟都能明白。然而——

「正因為擁有戰無不克的強大國力，方能大量蒐集四季崎之刀——如今看來，這觀點似乎也有些偏頗呢……」

「不知虛刀流是否有此說法——大多流派皆有『刀劍選人』的格言，這句話可用在肯定的意思上，自然也可用在否定的意思上。這和四季崎的『非是人用刀，而是刀造人』意似相近，實則相遠……但當時擁有那十二把刀的，確實俱是非比尋常的高手。要說是因為他們武藝超群，方能得寶刀，也未嘗不可；只不過有些事卻非這一言便能解釋。雖然我曾以錯覺二字評之——」

咎女繼續說道：

「卻又認為不盡是錯覺。」

「也非妄想？」

「但也姑且不以真相二字相稱。」

「所以才說這些刀媲美名刀與妖刀？」

「是更勝於名刀與妖刀。方才七實曾說，施行惡法獵刀令是舊將軍的天下止於一代的原因之一，其實主因卻是這不為人知的十二次連敗；當時的狀況根本不容他挑選血親之外的繼承人。舊將軍最終的國力，應該不足五萬石。」

「這和官府的說法天差地遠呢！」

「這些事豈能上得了檯面？史書不過是贏家的日記，沒必要將不愉快的事一一記上。」

接著，咎女將紙片四折，端起七實給的開水，一口飲盡；原以為她要把折好的紙片收入懷中，沒想到她卻直接遞給七花。

「接下來說明我的來意。虛刀流掌門鑢七花，蒐集傳說刀匠四季崎記紀的最後十二把刀，乃是重責大任；我希望能交付予爾。」

「……………」

饒是鑢七花，也沒不識趣到在這等情況下一口回絕；正摩拳擦掌、準備接招的咎女見了這反應，反倒有些洩氣。然而，七花之所以未斷然拒絕，有一半是因為頗感興趣，另一半則是因為事關重大，腦筋跟不上。

於是七花轉向七實求救；困擾時仰賴姊姊，是他的作風。而七實雙目緊閉，似乎正在心中細細咀嚼咎女的一番話；接著，她幽幽地嘆了口氣。

「妳方才問七花可想得天下，便是此意？」

不久後，七實張開眼睛，凌厲的目光射向咎女。

咎女對這道視線略顯畏怯，正當她整理頭緒，張口欲言之際。

「然而，」

七實又繼續說道：

「如今已非戰國亂世，即使集齊十二把刀，也無以得天下。無論傳言為錯覺也罷，為妄想或真相也罷，當今幕府已是堅若磐石，連先前的大亂都能以武力鎮壓下來——」

「沒錯——以武力。」

咎女附和：

「舊將軍蒐集的九百八十八把刀由當今幕府接手；假使錯覺為真，或許可說堅若磐石的天下便是由此而來。」

「照妳這種說法，舊將軍沒落豈不奇怪？」

「並未沒落，只是後繼無人而已——雖然孑然一身的將軍聽來便如神話一般。不過，七實的見解卻也不錯；如今四海昇平，縱使集齊十二把刀亦無以得天下。我問爾可想得天下，只是說明四季崎之刀的引言，並非欲將天下交付予爾。」

「是嗎？」

七花總覺得另有隱情，但要問他是何隱情，他又不明白，是以沒再追究。

不過——

「我倒是沒想到爾等對於四季崎之刀竟是一無所知。這話並無他意——」

「妳是不是幕府的人啊？」

七花打斷話頭，劈頭問道：

「或是與幕府敵對之人——不，眼下根本無人與幕府為敵，早在大亂時被消滅殆盡了。」

「……我原想賣個關子再揭曉的。」

如今功虧一簣，咎女不由面露厭倦之情。至今七花仍未接下寫著十二把刀名的紙片，咎女玉手空懸，顯得頗為滑稽。

「正是如此。爾如何得知？」

「我倒也沒細想，只是妳對那刀匠和虛刀流的來路內幕皆是一清二楚，又煞有其事地說什麼交付大任……再說，若不是尾張幕府已有舊將軍蒐集的九百八十八把刀，妳又豈會動起剩下十二把的腦筋？」

「爾不認為眼前的白髮女子奇裝異服，斷不會是幕府之人嗎？」

「唔？不會啊！」

「…………」

誤打誤撞最是防不勝防。

這點咎女雖是心知肚明，卻仍難掩不悅之色，瞇起雙眼。

「罷了……我這身裝束原非為了易容改扮。既被識破，無可奈何，容我重新報上名號。我乃尾張幕府家鳴將軍家直轄預奉所——軍所總監督，奇策士咎女。」

「軍所——總監督？」

七實心知咎女絕非泛泛之輩，說不定早在七花之前便已猜出她是幕府之人；但聽聞這超乎想像的來頭，仍是不由得大吃一驚。饒是喜怒不形於色的她，聲音也不禁微微上揚。

相較之下，七花顯得一派輕鬆；他雖知幕府的名號，卻對組織官銜一無所識，總監督如何位高權重，他也無從想像，只隱約覺得是個大官。至於位高權重能有什麼作用，他更是不懂。

因此他問道：

「姊姊，軍所是什麼啊？」

「便是軍師組織啊，七花。預奉所是由軍師結成，可說是歷經戰國時代而生的組織，於當今幕府成立時同時設置。先前大亂時，爹也是在軍所之下一展長才。」

「唔，這麼說來，從前我爹便是在妳爹麾下辦事了？」

「……………」

咎女並未立刻回答七花的問題，反而滿臉不悅。

「……？怎麼了？」

「不……只是見爾耽於安逸，不知世事，略感不快罷了。聽清楚了，我並非襲爵。軍所總監督與虛刀流天差地遠，不是世襲，而是實力至上；無論老幼婦孺，只要有實力，便能站上頂點。」

「可是妳連刀都不會使啊！」

「我所長者在於運籌帷幄，奇策士向來不屑攜刀配劍。正因為我不使刀，才能指摘刀的用法。」

咎女語帶怒氣，暗諷七花一介莽夫，見識淺薄。七花心想：實力當然是至上，難道還有至下的嗎？就算她不高興人家說她沾父母的光，也犯不著發這麼大脾氣；即便生氣，也不必說什麼「與虛刀流天差地遠」啊！再說，她嘴上說不屑攜刀配劍，結果還不是用了刀？

七花與咎女——這兩人的對話是牛頭不對馬嘴，沒一處搭得上。

「軍所素來與隱密齊名並駕，通常在暗地裡活動——不過如今已不齊名並駕便是。我既屬這種不見載於後世課本的組織，自然不會隨身攜帶名帖；是真是假，只能任君判斷。」

「我相信。」

七花一口說道：

「我就把妳那傲慢的態度當成名帖收下吧！」

「…………」

這話又惹惱了咎女，只見她探出身子，正欲發作；但轉念一想，七花肯信是再好不過，便又將視線從他身上移開，轉向七實：「七實，爾可贊同？」

「虛刀流的掌門是七花，七花這麼說，我自是遵從。再說，知道了妳的來路與身分後，確實消除了方才話中的些許疑點。」

「嗯，這麼一來，的確較好說話。其實這種發展非我所願；若是爾等知道我是幕府之人，態度因而轉硬，再好說話也無濟於事啊！」

「為何我們的態度會因而轉硬？」

「因為——」

七花這話問得毫無心機，咎女竟不知如何回答；然而七實立即說道：「倘若妳是顧慮家父之事，大可放心。」她的口氣冷淡，甚至有些帶刺。

「對於家父流放孤島之事，莫說家父本人，就是我們姊弟也毫無怨言，並不因此懷恨幕府。」

「如此甚好。」

「還是繼續談正事吧！咎女姑娘，既然妳是幕府之人，便是受命於幕府找尋那十二把刀；但幕府為何斗興此念？雖說只差那十二把便能集齊四季崎記紀的千把刀，卻未免有畫蛇添足之嫌。尾張幕府成立已近一百五十年，其間足以動搖國本的變故，也僅只先前的大亂而已。」

「癥結便在那場大亂上。沒錯，尾張幕府已成立一百五十年，如今真正識得戰國時代的人皆已棄世，四季崎之刀也只被當成護國寶看待；然而爾等不妨試想，若是先前大亂的主謀握有那十二把刀呢？」

九百八十八對十二。

就數目上來看，是不成氣候。

然而，若那九百八十八把只是十二把的試作品——

「連舊將軍也對那十二把刀束手無策，當今幕府能否以武力鎮壓，便很難說了。更何況當年是由舊將軍進攻，對方只是固守，並未多做反擊；若換作對方進攻，饒是舊將軍亦難保無事。」

「但那畢竟是一百五十年前之事，那些刀應已全數易了主兒。」

「話是沒錯，但主人是誰並無干係，問題在於刀匠四季崎記紀與他的刀……的確，刀劍易主，對幕府而言並非壞消息；如今天下太平，持刀之人斷不如當年的十二人那般驍勇。」

「原來幕府擔心叛亂啊？」

不善思索的七花也開始動起腦筋來。

幕府——至少居上位的高官們在先前的大亂中學得教訓，決定先發制人，奪取四季崎之刀；倘若舊將軍連敗十二陣之事屬實，也難怪他們有此念頭。這些刀劍把把深具威脅，自然得提防持刀之人如先前大亂般連成一氣，來和幕府作對。不過——

光這個理由，似乎稍嫌薄弱；更何況此計或許會造成反效果，若是貿然行動，刺激了刀劍的現主兒——

「此事只能暗中進行。」

咎女看穿了七花的疑惑，泰然說道：

「奇策士便是為此存在。」

「恕我冒昧，我原想找個適當時機請教的……不知姑娘所說的奇策士為何？這二十年間新設的幕府官職麼？」

「不，是我自創的稱號。」

咎女大言不慚地說道。

原來是自稱。

……居然是自稱？

「如今已無獵刀令可用，只能謹慎行事。的確，我個人對此看法頗不以為然，但成命既下，我便無權置喙；要我蒐集四季崎之刀，我只能擬定奇策，以達使命。」

「奇策——」

「獻計籌策者曰策士，獻妙計、籌奇策者便為奇策士。不尋常的命令，才會著落到我這個不尋常之人身上。」

咎女猶如戲臺上的戲子亮相一般，刻意頓了一頓。

「前因後果我已盡數道來，虛刀流掌門，爾可願助我一臂之力？爾身為不用刀劍的劍客，應對四季崎之刀與那十二把完成品極感興趣才是。」

「……興趣倒不是沒有……不過，妳為何找上虛刀流？我方才一度懷疑妳與幕府為敵，便是因為妳找上門來。妳的原意是找我爹幫忙吧？」

「倒不盡然。畢竟令尊的全盛期已過了二十年有餘，我原盤算，倘若六枝前輩的體力不堪負荷漫長的尋刀之旅，便要徵求他的許可，借助他那島生島長的公子之力。」

「算盤打得可真精！」

七實忍無可忍，喃喃說道。

七花心中暗叫不妙。

這個名喚咎女的女子和七花只是雞同鴨講，和七實卻是八字不合；只不過她們倆俱是機靈人，表面上談得來罷了。

「當然，還得他的公子實力不遜於他才行——」

「且慢，這事先擱下——」

七花硬生生地打斷一再出言不遜的咎女，將話題拉回自己的掌控之中。他一向主張多一事不如少一事，如此費心迴護，實屬難能可貴。

「不管對象是我或我爹，我的意思是——既然妳是幕府的人，又何必借助虛刀流之力？虛刀流過去雖有天下無敵之譽，畢竟是犯下流放大罪之人的流派；幕府只需重金禮聘，何愁找不到更合適的人才？」

「為利所動之人靠不住。」

咎女說道：

「無須爾提點，這方法我初時便想過——其實也是軍所慣用的老方法——雇用外部忍者。」

「忍者？」

「真庭忍軍——這名號……想必爾未曾聽過；他們與伊賀、甲賀齊名，歷史悠久。過去我也曾託他們辦了不少事，交情匪淺；沒想到卻被忍者背叛。」

咎女這番話，簡直匪夷所思。

忍者背叛——這在當時是絕對無法想像之事。常言道：海可枯，石可爛，唯有忍者不相叛。

「因何背叛？」

「理由很簡單，因為四季崎的任一把刀都是高級藝術品，價值連城。一個人既會為利所動，自然也會因利背叛。」

咎女以眼神示意地上的紙片。

「絕刀『鉋』——真庭忍軍雖然成功由現主兒手中奪走此刀，卻帶著它消失無蹤。失蹤的不只參與任務的忍者，而是整個真庭里。」

「整個？」

「全忍軍皆成了逃忍。托他們的福，如今忍者在幕府的信譽一落千丈，隱密那幫人個個抬不起頭，可憐得很。」

「哦，是了，妳方才也提過。話說回來，連忍者都背叛……實在荒唐。一個人既會為利所動，自然也會因利背叛，有理。那麼為名呢？總有不被錢財收買、但求揚名立萬的人吧？我爹教過我，這是劍客該有的本色。」

「劍客也不成。對劍客而言，四季崎之刀毒性太強。」

「毒性？」

「不消說，這方法我也想到了。我從幕府中選出武功最為高強且忠心耿耿的劍客，此人名喚錆白兵，年方弱冠——」

「錆……？這姓氏聽起來倒不太高強。而且才弱冠之年，豈不比我還年少？」

「也難怪爾心存懷疑，但他確實武藝卓絕，劍法無人能及。舊將軍獵刀至今已過一百五十年，目前連同方才提及的『鉋』在內，共查出了六把刀的下落；其中最難到手的為薄刀『針』，但錆白兵卻在短短時日之內成功奪得。」

「哦！」

「奪得之後，便失去蹤影。」

「啊？」

「所以我才說毒性太強。為名所動的劍客，豈肯放棄四季崎之刀在手的名譽？幕府上位者俱是劍客出身，因此劍客的信譽尚不至於一落千丈；如今搖搖欲墜的，反而是我的信譽。」

這倒不難想像。

她說起這兩件事時，態度依舊自尊自大，沒注意聽還真不容易察覺——分明是她一再所託非人，兩回都被對方奪了刀；仔細一想，等於是將刀雙手奉送給更棘手的人。

所謂事不過三；一回生，二回熟，三回成高手。

換句話說，咎女已不容再失敗。

「所以才找上虛刀流？」

七實說道：

「不為利所動又不使刀劍的劍客，正是蒐集四季崎之刀的不二人選——這便是咎女姑娘打的如意算盤？」

「沒錯，也只有虛刀流能抗拒這十二把刀的毒性。老實說，時間不多；真庭忍軍與錆白兵定然也想集齊十二把刀，他們便是這種貨色。如今背叛者不但成了可怕的敵手，更成了不除不可的禍根。虛刀流掌門鑢七花——爾願以鑿淬之利器，成就尾張幕府的千秋之世麼？」

咎女再次拿起紙片，遞予七花。

她的一雙眼直視七花，說明自己已直言盡意。

「……事情我明白了。」

然而，七花依舊未接下紙片。

事已至此，他怎能不接下紙片？

「但那是妳找上虛刀流的理由，成不了我蒐集十二把刀的理由。沒錯，我對錢沒興趣，對刀也漠不關心；不過對幕府呢，更是既沒興趣也不關心。劍客該為名譽行事，但我不認為替幕府辦事是種名譽。」

「…………」

「當然，如我姊姊方才所言，我並非和妳翻我爹那筆舊帳。二十年前我年幼無知，是恨過你們那些大官，但如今純粹是多一事不如少一事。更何況，我過慣了島上的逍遙日子，不想回本土去打打殺殺。」

「爾可是怕了那幫人？」

「當然怕。」

七花並未中咎女的激將法。

「不過我更怕麻煩。」

「七花！」

「姊姊，妳也這麼想吧？」

七實才喚了一句，便被七花搶白一頓，沒能再說下去。見狀，七花轉向咎女：

「我對那個叫四季崎記紀的刀匠是有點兒好奇——如妳所言，他和我們虛刀流正好完全相反——不過，還沒好奇到要為他飄洋過海的地步。更何況既然他和祖師生於同一時代，應該早作古了吧？勞妳千辛萬苦來到這種荒僻小島，但還是請另尋高明吧！妳說的故事很有趣，睡前聽聽倒是不賴，但這麼大清早的——」

「呵！」

鑢七花斷然拒絕，咎女卻得意微笑，彷彿一切皆在掌握之中。這番談話雖是橫生枝節，終究繞回了自己定下的路線，抵達了目的地。

「以為我沒料到爾會有此言麼？本奇策士先後被真庭忍軍與錆白兵擺了一道，若無說動爾的把握，豈會大搖大擺地登上此島？」

「……妳還留了一手？」

見咎女這般裝腔作勢，

七花一臉訝異。

「妳有把握說服我蒐集十二把刀？」

「沒錯。」

咎女自信滿滿地點頭。

「為利所動的人不成，為名所動的人也不成；既然如此，便只剩下愛。」

「愛？」

「為愛所動的人，足以信任。」

咎女說道。

體格不差，

外貌也還過得去；

就是腦袋空空這點不太合意，

也罷，姑且不計較。

「鑢七花，爾盡可放心愛上我。」

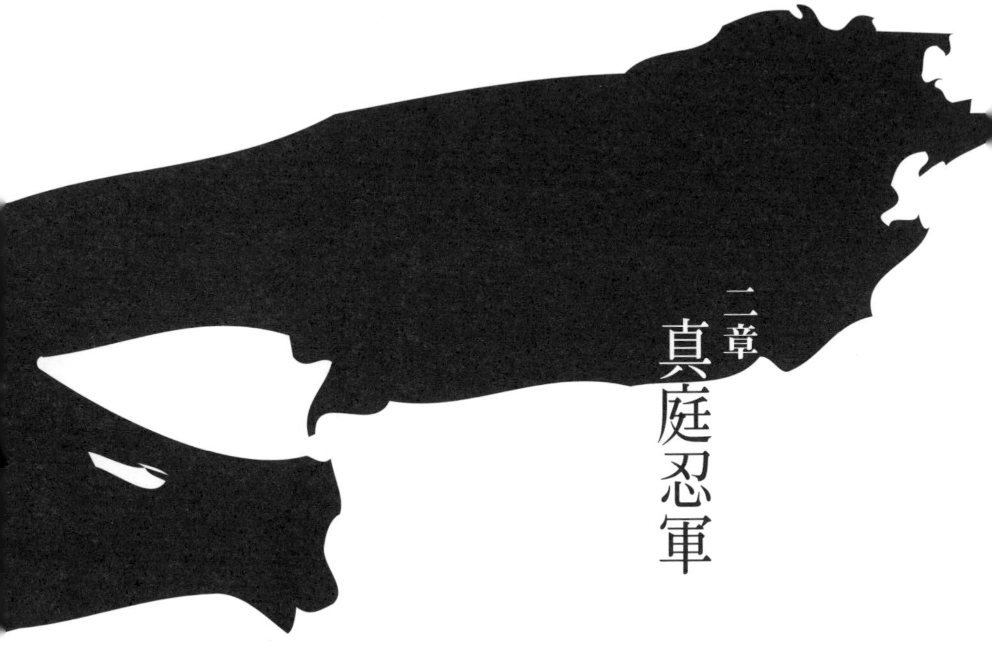

二章
真庭忍軍

■ ■

真庭忍軍。

忍者里的數目雖然不比劍術道場，亦是為數者眾——基本上，忍者向來不浮上檯面，估算數目原非容易之事，辨別流派更是難如登天——而真庭忍軍在眾忍中尤為鶴立雞群，大放異彩。遠在戰國時代之前，忍者與大名之間便結下了不解之緣；不只在戰事上，政爭中亦如是。忍者的工作，便是承接所有見不得光的骯髒任務。若說四季崎記紀的變體刀支配了戰國，忍者便堪稱支配了所有時代；因此其任務亦是各色各樣，由諜報至暗殺，無不照辦。而真庭忍軍於暗殺方面，更是格外辣手。

專攻暗殺的忍者里，便是真庭忍軍。

■
■

在那一眨眼間，鑢七實是唯一有所行動之人。

此亦當然。這廂咎女自以為風言俏語，得意洋洋；那廂七花卻是啞口無言，一片茫然，根本成不了對手。

原先端坐於地的七實跪起身子，悄然伸出手掌，向七花與咎女的肩膀推去。七實這一推力道雖輕，但七花與咎女原本相對而坐，被人從旁一推，身子微微傾斜；他們倆欲穩住重心，便自然而然地舉起了腳。

在那一眨眼的時間，牆壁——這小屋簡陋，牆壁只是尋常木板釘成，但厚度亦足以助人捱過酷夏嚴冬——竟朝著內側破裂飛散！

猶如爆裂一般。

「怎，怎麼！」

雖然比姊姊慢了一拍，但不愧是日日勤練武藝的少年掌門七花；只見他一面驚叫，一面伸手穿過咎女花俏的腰帶，將她掛在臂上，順勢一縱。此時七實

利用推開兩人的反力，朝房間另一側躍開——

直到此時，才總算眨完了一次眼。

飛散的木牆碎片刺入對側牆壁——不，不光是木片，還混著鐵片——不，那壓根兒不是鐵片，竟是手裏劍！十字手裏劍與苦無夾雜，共計四十有五！

四十五把手裏劍同時自壁後飛來，將木牆如紙門般打穿，如今又刺入對側牆中！雖不至於連那面牆一併貫穿，仍是把把沒入壁中；若是七實沒推開兩人，只怕七花與咎女早被這陣手裏劍給打出幾十個窟窿了。

這已非投擲，亦非狙擊，而是堪稱砲擊的奇襲。

「王……」

七花立即起身，他的表情遠不似平時的漫不經心。

「王八羔子！瞧你幹出什麼好事！這房子可是我爹蓋的！」

七花對著砲擊一陣咆哮，隨即飛奔而出——他可沒傻到打門口出去，直接從手裏劍打穿的洞衝出小屋。

「啊！七花！」

待七實叫喚之時，七花早已不見人影。奔出小屋後，他追趕投出大把手裏劍的賊人，一轉眼便入了山林。所謂有仇不報非君子——見弟弟行事如此魯莽，七實也只能長嘆一聲。

「真是的……冒冒失失……」

「不，他做得對。」

七花雖護住咎女，起身時卻將她粗魯地拋出房間；只見她揉著肩膀回到房裡來，口中如此說道：

「若是拖泥帶水，或許又有第二波攻擊，屆時便防不勝防。對於飛鏢暗器，只能速戰速決。那小子……倒是挺明白臨戰對陣時的進退之方。」

「唉……他只是憑本能行動罷了。」

「唔，看來確非深思熟慮後的結果。瞧他未穿草鞋便疾奔而去，這點倒不能說是做對了。」

「不，這倒不見得。對那孩子來說，草鞋和護腕便如同劍鞘，打鬥時俱是無用的長物。話說回來，這會兒房子可變得透風多啦！」

「看來是真庭忍軍。」

咎女一派冷靜，拔出一把刺入牆中的手裏劍，細加端詳。這的確是真庭忍者慣用的手裏劍，但對手居然如此明目張膽，顯然無意遮掩。不，與其說是無意遮掩，倒不如說是……

「是麼？」

七實點頭，並無訝異之色。

此亦當然。既然飛來的暗器為手裏劍，便不難料到是忍者所為；更何況咎女才剛提及真庭忍軍的名號。

「不知有幾人？」

「應該是一人。」

被問及投擲手裏劍之人的數目，咎女竟一口回了個荒謬的答案，而她對於這個答案有相當把握。七實沒料到她會如此答覆，只是沉默以對。

「真庭忍軍不喜集體行動——不，是無須集體行動。」

「可是——」

說著，七實觀視刺入牆中的手裏劍與對側的龐然大洞。「可是」二字的下文，不消說亦無須問——比起一個忍者同時丟出了四十五把手裏劍，她倒寧願是有四十五個忍者，每人各丟一把。

「眼下不明白的是，真庭忍者為何會現身於此。我並未被跟蹤，也沒將去處告知任何人——」

「咎女姑娘。」

七實呼喚陷入思索的咎女。

雖然她的態度和語氣皆顯得慵懶，眼神卻極為認真。

「妳的提議，我是贊成的。」

「唔……」

才剛經歷如此匪夷所思的砲擊，七實竟又立刻重提舊話，令咎女面露意外之色；不過更令她意外的，是七實的意見。

「我以為爾是持反對之見。」

「是啊……不，老實說，對於妳提的事，我是無可無不可。基本上，我和那孩子一樣……對錢財沒興趣，對名譽、幕府及四季崎之刀亦是漠不關心。我並未出家，說這話或許狂妄——世俗之事，我根本不想管。那孩子對四季崎記紀似乎有些興趣，但我非虛刀流掌門，並不在意。」

「…………」

「只不過，無論理由為何，我是贊成那孩子到外頭見世面的。來這座島上二十年了，那孩子日日習武，練就一身絕藝，若是一事無成，未免教人悵然。」

「不過——這話聽來或許刺耳，但被流放的是令尊六枝前輩，如今他既已過世——」

「我身子弱，無法在外界生活。我說不想管世俗之事是真心話，但在這節骨眼上，卻又是賭氣話。本土的空氣對我而言太過渾濁，那孩子顧忌的便是這一點。」

咎女也早已猜到七實抱病在身。七實病懨懨的，顯得極為脆弱，彷彿一碰即碎。

「他太多事了。」七實斷然說道：「我壓根不想在弟弟的保護下生活，也不願成為他的枷鎖。更重要的是——咎女姑娘，倘若七花不負使命，虛刀流……能重見天日吧？」

七實的口吻不像發問，倒像確認。

咎女連忙點頭稱是。

「這是當然。我也認為將大亂英雄關在這種島上，於理不合。我原就打算，倘若六枝前輩仍在世且有此意願……我可為他平反。」

「……是麼？」

七實答道，語氣中似乎別有含意。

「既是如此，我便沒理由反對了。」

語畢，七實斂衽一拜。

「說來慚愧，方才我懾於七花的氣勢，沒能幫腔——事後我再開導他。舍弟便多勞咎女姑娘關照了。」

「……我話說在前頭，這趟路可不好走。爾要我關照令弟，我卻無法保證他的安危；如此請託，只是令我為難而已。不只真庭忍軍，今後他還得和錆白兵為敵；更何況，那下落不明的六把刀，不知是落在何等的蛇蠍猛獸手上——」

「若是妳對虛刀流的本領存疑，不如親眼見識見識吧？」

七實抬起頭來說道。

她那自豪的口吻，與平時的冷若冰霜大不相稱。

「倘若敵人真如妳所言，只有一人——我想，七花應該已將他誘至前頭的沙灘上。現在前往，不知還來不來得及？」

「爾倒真有自信，對手可是真庭忍軍啊！」

「虛刀流豈會敗給區區忍者？」

她斷然說道。

方才咎女還為七實輕易重提舊話而感到意外，原來那是出於對弟弟與虛刀流的絕大信賴。

此時，七實格格一笑，那笑法顯得不懷好意。

「咎女姑娘的心腸頂好，如此為七花擔心。以姑娘的為人，我大可放心將舍弟託付給妳，也無須特意請妳關照了。」

「…………！」

咎女不慣受人讚美，登時面紅耳赤；不過方才的與其說是讚美，倒更像是諷刺。

「別……別說渾話了！當務之急，是想想真庭忍軍的人為何會在此地！」

「嗯，這話倒也有理……」

七實嘴上如此回答，卻仍格格嬌笑著，看來倒真似不懷好意；或許她的確存心不良。

「咎女姑娘，妳真的沒被跟蹤麼？對方是忍者，跟蹤尾隨可是拿手絕活。」

「要我說幾次？正因為對手是忍者，我一路上格外留意有無他人尾隨在後，可說是謹慎到了極點；之所以沒將去處告知任何人，也是這個原因。況且除了真庭忍軍及鑢白兵之外，我還有其他得留心的對手。唔，究竟是為什麼？」

「……冒昧請教，咎女姑娘是孤身到這座島上來的麼？」

「何以有此一問？正如爾所見啊！」咎女說道：「雖然軍所之人與真庭忍軍不同，但基本上亦是單獨行動；即使我貴為總監督，也不例外。更何況此事是越少人知情越好。」

「那麼，妳是如何到這座島上來的？」

「……自然是乘船而來。」

這問題七花也問過。這回咎女雖非想也不想，卻仍給了相同答案。除了乘船，還能怎麼來？這話問得著實丟臉。

然而，七實卻毫無羞慚之情，繼續問道：

「妳是自己划船來的？」

「自己划船？這話可真有趣，怎麼可能？我所長者為運籌帷幄，豈有這等氣力……咦？」

「應該有船夫隨行吧？」

「啊……不，可是——」

有。

是有一名船夫隨行——正是他搖櫓渡海，將咎女由深奏海岸送到這座島上來。靠岸後，咎女吩咐他留守岸邊，以免船流走。

「可，可是——不，若真如此！」

咎女泛紅的臉一股腦兒轉青。

「不妙——那人有四季崎之刀！」

■ ■

對鑢七花而言，不承島便如後院——這種老套的比喻尚不足以描述實情。

他既然自詡對小島上的一草一木瞭如指掌，自然能立時分辨投擲手裏劍之人逃往何方，追趕賊人，更如同早飯前的輕活兒——只可惜早飯已趁著咎女昏厥時和姊姊用畢了。

管他是忍者或大羅天仙，在這座島上，沒人能逃出七花的手掌心。而賊人在逃亡途中，似乎也已領悟了這一點。

只見賊人腳點枝頭，幾個飛竄下山，並奔往浪聲汩汩的沙灘邊。

眼下的狀況正如七實對咎女所言，只不過並非七花誘敵之功。

在虛刀流的教誨中，手裏劍雖稱之為劍，卻不屬於劍；因此七花既不識手裏劍，對忍者亦所知無多，見了破壞小屋的十字手裏劍與苦無，竟全未聯想到賊人的身分便是忍者。他只聽父親六枝說過忍者是絕不背叛的忠實軍隊，但連這個知識都在方才被推翻了。真庭忍軍四字，更是從未浮現於他的腦海裡。

所以，當他縱下沙灘，見了從幽暗山林中步出日光下的賊人身著忍裝，依舊沒有會意過來。

不過，或許換作他人，結果亦是相同。因為那身忍裝與一般的刻板印象相去甚遠，不僅截去了衣袖，全身又纏繞鎖鍊，非但不隱密，反而醒目。

那人甚至未曾蒙面，一頭黑髮衝天而豎；見七花追出山林，便咧嘴一笑。

「虛刀流的，你或許以為將我逼到了絕路，不過正好相反，是我把你引到這裡來。」

「……………」

沙地一聲，七花於賊人面前著地，轉身相對；然而直到此時，他才發現自己完全沒個打算。見小屋被破壞，他一怒之下追至此地，但下一步該怎麼做？

說來悲哀，七花認識的「人」只有父親、姊姊與相識不久的咎女，因此不大明白何謂正確的待人之道；話說回來，這種問題原本就沒個定論。

幸好梁柱未斷，反正原本即是手築的簡陋小屋，不過是毀了一面牆，應該很快便能修補好……那我幹麼發那麼大的火？七花甚至開始思考這個問題。

想來是因為那小屋為父親親手建造之故，當時七花也確曾如此脫口大吼。孝子。

七花暗自叫苦。

七實聽了，不知作何感想？

當然，這是七花個人之事，對手豈會一一奉陪？忍者無視於他，洋洋得意地報上名號，態度張揚，全然不似忍者所應有。

「大爺我是真庭忍軍十二首領之一——真庭蝙蝠。虛刀流的，我與你雖是往日無仇、近日無冤，卻得請你留下命來。」

那聲音既高又尖，令聞者斗生不快，直教人懷疑是否由嘴巴以外之處發出。

「真庭……哦！剛才聽過。」

「你聽見了，只能算你倒楣。要是沒聽見，我還可以饒你一命；因為我的目的是那婆娘口中的情報。」

賊人——忍者真庭蝙蝠說道。

「結果也沒什麼大不了的情報嘛！不過她繼我們之後又找上錆白兵，倒是讓我吃了一驚。她對你說的話，八成也對姓錆的說過了；看來那個姓錆的也不能留他活命。」

「你偷聽？」

「是啊！」

「真下流。」

「你該說我高尚！」

蝙蝠哈哈大笑，笑聲亦是既高又尖。

「你跟蹤咎女來的？」

「不，我才不幹這等鬼鬼祟祟的事。我是和她一道來的，手裡還拿著櫓搖啊搖地，累煞我啦！那婆娘只會頤指氣使，根本不幫手，真不知腦袋是什麼糊的。」

「嗯，原來如此。今天還真是客如雲集啊！」

其實也不過兩個人，但七花依舊如此說道。

他從以前便想用用這句成語。

「哈哈哈！虛刀流的，你現在可沒閒工夫管我怎麼上島，因為你還有件事得做。」

「哪件事？」

「還用問？當然是求饒！」

蝙蝠輕浮地笑道。

「我最愛聽人家說：『要什麼小的都雙手奉上，只求大爺饒我一條命。』然後我便答：『大爺我什麼都不要，只要你一條小命！』」

「…………」

七花識人不多，但眼前的男人何等低劣，卻是不想也知。

「這可傷腦筋啦……我不知道該怎麼和忍者交手，看你好像也沒帶忍刀──」

說著，七花才發現真庭蝙蝠豈只忍刀，竟是任何兵器都未帶；要說藏在衣服裡，卻又不像。那剛才的手裏劍呢？難道他已把手中的兵器全撒盡了？總不至於如此不用大腦吧！

「啊？忍刀？哦！對了，虛刀流門人是不使刀劍的劍客嘛！一般劍法都是以刀劍為假想敵，哈哈哈！說來還真可笑！」

「虛刀流和空手入白刃不同，並非只剋刀劍。我只是說自己對忍者不大瞭解。」

「何必惱羞成怒？虛刀流的武課裡，沒有修身養性這一項嗎？放心，我的確不是劍客，但並非不會用刀。」

蝙蝠說道：

「我就如你所願，直接拿出我的壓箱寶。」

語畢，他那鎖鍊纏繞的裸臂竟伸入自己的口中──任何時代皆有以吞得下拳頭而自豪的年輕人，但蝙蝠的舉動可不是那類雜技所能比擬。他的顎骨似已完全錯開，不光是拳頭，連手腕、手肘、前臂都被他吸入口中，景象便如蟒蛇吞噬自己的尾巴。

「怎……怎麼，原來人類辦得到這種事啊？我，我現在才知道——」

七花大吃一驚。

此事自非人力所能為，請各位看官切勿嘗試。

「舸咯呼哈呼拉咖枸呼拉，喀股股價呼阿呼各拉咯給——」

蝙蝠又嘰哩咕嚕地說了段話，但在這種狀態之下，發音自然是含糊不清。他已將肩胛以下盡數吞沒，爾後又緩緩地從口中拉出手臂；只見他的掌中握著把柄，竟是把刀柄。

「…………！」

見了這妖法般的景象，七花動彈不得；而此間刀柄仍被陸續拉出，刀身緊接著探出喉中。

那刀刃極長，顯然長過蝙蝠的身軀；雖不知他如何將東西藏入體內，但方才的謎團卻解開了。原來此人並非將忍器藏於衣服中，竟是藏在身體裡！

如此異人，只能以妖怪相稱。

「喀！」

蝙蝠吐出餘下的刀尖部分，躊躇滿志地挺刀相對。

刀上雖然滑溜溜地沾滿胃液與唾液，卻未見血絲；看來這忍者從體內取出出鞘長刀，身體竟是絲毫無損。倘若這是忍術，也未免太過驚人。

「聽了可別嚇破膽！這便是四季崎記紀十二把完成形變體刀之一——絕刀『鉋』！」

真要嚇破膽，也是被你的體質嚇的。

七花如此想道。

「哈哈哈！我就告訴你我在道上的渾名，做為送你去陰曹地府的餞別禮。我的渾名叫『冥土蝙蝠』，因為我送起餞別禮來極是闊氣，弟兄們才給我起了這個外號——」

「你這個渾名，怎麼我聽了不覺得威風殺氣，反而出奇可愛……？」

這又是何故？

理由將在數百年後真相大白。（註2）

「喂！虛刀流的，廢話少說，見了這把刀，你沒任何感想嗎？這可是剛才那婆娘形容得天花亂墜的四季崎之刀啊！」

「唔……」聞言，七花將視線移至刀上。老實說，比起這把刀，他對蝙蝠的體質還要感興趣得多。

此刀的形狀與咎女在山裡拔出的那一把倒是大不相同。

第一，刀身無弓，非是彎刀，卻是薄刃直刀；刀柄與刀身之間亦無護手，刀身長約五尺，上有綾杉鍛紋，並雕有兩道血槽。

整體而言，是把巨刀。

「…………」

「喂，你倒是說話啊！幹麼一聲不吭？」

「不，我只是覺得這把刀比想像中還要正常；如你所言，咎女方才又是名刀、又是妖刀地說得天花亂墜，我本來以為樣子會更奇特的。話說回來，這把

2　日文冥土音同女僕。

刀被你的體液弄得黏不隆咚，怪噁心的；怎麼不照常收入刀鞘中就好了？」

「這麼長的刀，攜帶不便；況且這把刀不需要刀鞘。」

「不需要刀鞘？」

「哈哈哈！不如立刻來試刀吧！告訴你一個好消息，這把刀我剛得手不久，還沒拿來砍過人；抓住這一點，說不定你還有一丁點兒勝算。哈哈哈！我也真是闊氣啊！」

「……那把刀應該很貴重吧？你這樣帶著四處走，恐怕不大保險；該找個安全之處慎重保管才是。」

「正相反！這麼名貴的東西，不貼身帶著哪能安心？再說，普天之下，有哪個地方比肚子裡更安全？」

「………………」

「更何況這把刀有股不可思議的魅力——那個婆娘說是毒，其實是仙丹妙藥。只要手持此刀，便欲斬人——！」

閒談時間告終。蝙蝠未曾助跑便一躍而上，只見他借助重力，劈頭便是一刀，口中一面喝道：

「報復絕刀！」

七花雖不諳待人之道，對於打架卻是頗有心得；眼前的狀況，他可說是求之不得。

已近一年沒人陪他餵招練武——不，這並非練武，而是虛刀流掌門鑢七花的第一次實戰。

「呼！」

他雙足點地，往後一縱，閃過蝙蝠的第一擊；腳下是沙灘，並不構成妨礙。對七花而言，不承島上無一處不是渾然天成，無論沙地或山丘，立足上皆無難易之別。

刀尖掠過他的眼前。對手使的是真刀，當者立傷。

著地後，他維持原來的姿勢倒退奔行，直至離蝙蝠落地之處三尺遠，才停下腳步，擺開架勢。

他雙足大開，腰間深深一沉，左腳在前，趾尖朝向正面，右腳在後，趾尖往右張開；右手上、左手下，各自成掌，猶如朝著對手築起一道牆。

「虛刀流第一式——『鈴蘭』！」

面對頭一次實戰，七花略微遲疑後，選了最基本的招式。其實尚有更適合應付長刀與直刀的招式，但七花見蝙蝠方才那一擊全然不成章法，顯非刀劍上的行家（此亦當然，蝙蝠乃是忍者），而他又懶得思索應對之方。

即使與人動上了手，他那怕麻煩的性格依舊不變。

這反倒證明了他的冷靜。

如今七花與一氣之下奔出小屋時的心境已不大相同；就這一節上，蝙蝠那招口中取刀的驚人之技，倒是對他發揮了正面功效——當然，僅限於這一節上。

虛刀流第一式，「鈴蘭」。

赤手空拳挑戰刀劍之法，其實並不侷限於虛刀流的武功；只要方法合理，多多少少便能應付。最上策便是「逃之夭夭」（此時的道理是：對手手提沉重的長刀，速度上較為不利），若是上策不能施，還可以選中策——「且戰且走」。

刀的優點，便在於長度。

不必入我方的攻擊範圍，便能攻擊我方——我摸不著他，他卻打得到我。

這是個無奈的現實，既然無法縮小，就反過來擴大它。

換句話說，站遠了打——閃躲長刀，等對手沉不住氣，衝進我方的攻擊範圍時，再加以迎擊。這方法說來單純，卻正因為單純，故而確實。
然而，此招「鈴蘭」卻阻絕了這個方法。
腳步踩得死，腳下便不靈活。這架勢極難活動，反倒像是引誘對手攻來。
「……哼！」
這挑起了蝙蝠的警戒心。他一擊未中，之後便寸步不移，雙眼直盯著七花。與持刀之人對陣卻擺出這般架勢，自然啟人疑竇。
即使輕佻浮滑，真庭忍軍畢竟不是泛泛之輩；至少強過那些在故事開頭登場、只為了襯托主角之高強而參戰的龍套。
「接我這招！」
蝙蝠踢起腳邊黃沙，作為煙幕——不，豈止煙幕，這沙煙飛至三尺之外的七花跟前，竟是要奪他雙目。
蝙蝠竄出沙煙，挺「鉋」連刺數刀。
「喝！報復絕刀！」
這陣突擊加上了蝙蝠全身的重量。
直刀用於突刺更勝斬擊——縱使蝙蝠並非劍客，卻還懂得這點兒知識。

「虛刀流，『菊』——」

然而，刀尖卻未能及七花之身。蝙蝠被跟前的煙幕擋了眼，沒看見七花的右掌將飛到眼前的沙煙盡數拂去，眼睛甚至未曾眨動。接著，七花的右腳在左腳趾尖前畫了個弧，先一步旋身避開攻向軀體的刀尖，換以左半身面向蝙蝠。

絕刀「鉋」的刀刃與七花赤裸的背部錯之毫釐；七花的左上臂掛住「鉋」的刀根，右手肘則以夾擊之勢撞向刀尖——當然，皆是對準刀腹。

於是，七花便以脊骨為支點，將「鉋」牢牢固定。

「嗚——混、混小子！」

無論蝙蝠如何連拉帶扯，「鉋」皆文風不動；向來輕浮的他，臉上終於浮現焦躁之色。他雖不明虛刀流就裡，但並未因此小覷七花；饒是如此，這記巧妙的空手入白刃仍令他大吃一驚。

接著七花立時展開反擊——尋常狀況下自該如此發展，只怕連當事人蝙蝠都這麼認為；然而，此時七花臉上的詫異之色卻更勝蝙蝠。

他瞪大眼睛看著蝙蝠與「鉋」，彷彿忘了自己正與人交手。敵不動、我不動，這場架豈不是沒完沒了？見七花如此，蝙蝠不由得愣了一愣。

兩人幾乎同時將意識轉回戰鬥之上。七花鬆開雙臂固定的刀身，又轉了半圈；方才撞擊「鉋」的手肘一展而開，化為手刀，砍向踏入攻擊範圍的蝙蝠。

蝙蝠閃過手刀，七花便改以腳刀進攻。

腳跟擦過蝙蝠的喉間，又被避過；但蝙蝠因「鉋」刀身過長，綁手綁腳，卻也無法順勢展開反擊。短兵相接之際，長刀只會礙事；即使是傳說中的刀匠四季崎記紀所造之刀，亦不能例外。

七花的手刀與腳刀密不透風地施展開來。

「呿！混帳！」

蝙蝠焦急地啐道，身子往沙灘一沉，幾乎伏地；接著他橫抱長刀，往身後打了幾滾，與七花遠遠拉開距離——這種閃避法只能用在沙灘上。持刀之人竟得主動與空手之人拉開距離，可真是風水輪流轉了。

眼下是乘勝追擊的良機，七花卻沒這麼做。

蝙蝠迅速起身，但他並未進招，只是單手將刀扛在肩上。學過劍法的人，斷不會這樣拿刀劍。

他的氣息略微紊亂。

看來蝙蝠說他尚未以「鉋」傷過人，似乎為真；他並不懂得如何用「鉋」。

錯覺畢竟是錯覺，成不了現實。

光是手持四季崎之刀便能成為高手，天下間豈有這等美事？

「我得感謝你，虛刀流的。很久沒嘗過大吃一驚的滋味啦！搞不好是我當上首領以來的頭一遭。我還懷疑不用刀劍的劍客會是什麼德行，原來是使手刀和腳刀啊……你的確是個不折不扣的『劍客』，實在了得！」

「還不及你那驚人的把戲。」

七花停止進招，如此回答；但他並未就此收招，又再度擺出「鈴蘭」的起手式。

「也比不上那把『鉋』。」

「哦？」

蝙蝠對七花之言起了反應。

「經過方才那一回合，你有何發現？」

「也算不上發現……我剛才那招叫做『菊』，是虛刀流的絕招之一；這招並非是用來閃避對手的突刺並以背部固定兵器，而是借力打力，以手臂、手肘與脊骨將對手的長刀折為兩半。」

七花一面比劃，一面說明。

「但那把刀卻文風不動，是我功夫不到家嗎？」

「…………」

「那把刀是怎麼回事啊？肯定有古怪。」

聽了七花的疑問，蝙蝠空揮絕刀數下，猶如炫耀自豪的玩具一般。

「當然有古怪，因為這是變體刀啊！而且是十二把極品之一，沒古怪才有鬼。不過這些學問也都是向那婆娘現學現賣的，我從前根本不知道有這麼個瘋癲刀匠，名叫四季崎記紀。」

蝙蝠說道：

「這把絕刀『鉋』正是以堅韌為重點打成的刀。常言道，日本刀的長項便是不折不損，削鐵如泥；但刀是消耗品，用著便會折損，也會鈍耗。可這把『鉋』不同，當真是不折不損，永遠削鐵如泥。」

「……怎麼可能？」

天下間豈有這種刀？

「一般將刀身打彎，是為了令刀不易折斷；但這玩意兒雖是直刀，卻是怎麼用也不會壞。連象踩過了都不斷的日本刀，肯定能賣個好價錢！哈哈哈！」

蝙蝠不斷強調自己是為財奪刀；或許他是刻意自我催眠，以免中了四季崎之刀的毒。

「豈不和永動機差不多？這種刀要怎麼打造啊？」

「你問我，我問誰？自己不懂的事別拿來問人！有句成語不是叫不『齒』下問嗎？或許那個婆娘知道吧！……據我調查，那個叫四季崎的老頭雖是刀匠，卻也涉獵陰陽道術與鍊金術，搞不好用了什麼妖法呢！」

蝙蝠滿不在乎地說道。

他對於道理似乎毫無興趣；就某層意義上而言，倒是挺符合忍者務實的作風。

「要說妖法，你那招口裡取刀才是十足的妖法。的確，這麼堅固的刀是不需要刀鞘……但也犯不著拿自己的身體當刀鞘吧？照常收入鞘中不就得了？」

「蠢材！將這種寶刀收入鞘中，豈不大煞風景？別這麼俗氣！」

真庭蝙蝠大笑。

「話說回來，這正好證明虛刀流不敵四季崎之刀，因為斷刀用的招數斷不了這把刀。」

「唔……」

「不過方才聽了你那番話，我可是大吃一驚。一般人空手與持兵械之人交手時，總會閃避對手的傢伙；積極點兒的呢，便是夾手來奪兵刃。沒想到虛刀流竟是破壞對手的兵器，果真是不同凡響。可惜，可惜，我真想親眼見識啊！」

「……放心吧！」

面對蝙蝠的揶揄嘲弄，七花變招以應。

這招是側身對敵，與門戶大開的「鈴蘭」正好成對比；雙手齊高，一前一後，翻掌成刃。

「虛刀流第二式——『水仙』！」

「唔……？和方才那招是不一樣，但你要我放什麼心？放心一刀殺了你嗎？」

「我要你放心，是因為你絕對能親眼見識虛刀流的斷刀之技！這回我一定紮紮實實將那把絕刀『鉋』折成兩——」

「白痴！」

七花威風八面的對白，卻被這道震耳欲聾的叫聲給掩過了。

循聲音的方向一看，竟是奇策士咎女；她滿頭大汗，氣喘吁吁，一身華服變得凌亂不堪。

穿著一身笨重衣飾全力疾奔至此，又扯開嗓門那麼大聲一吼，也難怪她上氣不接下氣。饒是如此，她的一雙眼仍凌厲地瞪著七花——不是敵人蝙蝠，卻是七花。

「誰……誰說要斷刀來著了？我是要蒐集，蠢貨！拿著斷成兩截的刀獻給幕府，得切腹的！爾真把我的話當成耳邊風麼？」

「啊……」

沒錯，這麼一提，斷刀之技確不可行。

既然目的是集齊四季崎的千把變體刀，理論上自是不能有絲毫損傷。

蝙蝠嘲弄虛刀流，令七花怒火攻心；他為何而怒？因為自己受辱，便等於身為前代掌門的父親受辱？

七花自己也不明白。

這問題他從未想過，亦無須想——不，或許他是該好好思考一番。

「……可是，我沒答應替妳辦事啊！」

「不是這個問題！你也太不識貨，一般人豈會動起折斷四季崎之刀的念頭！」

咎女氣急敗壞地破口大罵。

「說得沒錯。」真庭蝙蝠附和道。「像我這種識貨的人，絕不會破壞這麼值錢的東西。」

聽了這道虛情假意的聲音，咎女對七花雖尚有怨言，卻不由得住了口，將視線移往蝙蝠。

「哈哈哈！雖說咱們是搭同一條船來的，才剛分手不久，不過姑且配合妳的感覺，說聲久違啦！小貓咪！」

這個時代稱呼姑娘家為「小貓咪」，還不算老套。

「真庭——蝙蝠——！」

「別這麼張牙舞爪的嘛！小貓咪。剛登場就大發脾氣，未免有欠端莊。要是妳以為忍者背叛是違背常理，可就大錯特錯啦！忍者原本就會背叛，因為卑鄙與卑劣是我們的招牌。」

語畢，蝙蝠卻又改口說道：

「不，怎麼能不氣呢？妳是該發脾氣。要是不生氣，可就莫名其妙、不合道理啦！」

「你在說什麼？——」

「唔——算了。勞妳挑在這個好時機出現，但對不住，這些事容我以後再談啦，奇策士姑娘——等我解決虛刀流小子以後，再慢慢談。」

說著，蝙蝠將視線由咎女移至七花身上。咎女現身後，七花依然維持虛刀流第二式「水仙」的架勢。

「男人間的勝負，容不得外人來攪局。喂，虛刀流的，你也幫腔幾句吧！」

「……咎女，答不答應妳的要求是另一回事，總之我先替妳把『鉋』弄到手，妳退到一旁觀看便是。妳也想見識見識虛刀流吧？這回就讓妳大開眼界！」

七花如此說道。

他並非贊同蝙蝠之言，也不明白男人間的勝負有何意義，只是對於「菊」亦無法破壞的刀——絕刀「鉋」，以及四季崎記紀打造的變體刀產生了興趣。

「但那把刀萬萬不能破壞——」

「好，好，我不會破壞的。還有什麼要求一併說完，我全照辦！」

「那，那麼——有了。」

咎女略微思考後說道：

「盡量用俊一點兒的功夫。」

「……俊一點兒的？」

「最後十二把刀的得手過程，我得寫成奏章呈上，勞煩爾多用些讓人拍案叫絕的威風招式。」

「……………………」

「我再說一次，千萬別損了刀——要是發生這種事，故事可得在第一回完結了。」

「第一回……？難不成妳要寫書啊？」

「將來有此打算。想必會很搶手。」

「賣不出去的啦！」

七花啼笑皆非，打住了話頭；他懶得多動腦筋。

「那我就特別露一手俊功夫給妳瞧瞧。久等啦，蝙蝠……喂！」

趁著七花與咎女插科打諢時，蝙蝠已將大半絕刀吞入口中。

「啊！」

「啊！」

待兩人發現，為時已晚；蝙蝠一股腦兒地將刀柄塞入體內。

他探臂入喉、拉出長刀時的景象已是蔚為奇觀，吞刀時更是令人瞠目結舌。

橫算豎算都不夠數兒，除非蝙蝠的食道長至腳踝，不然以他的體格，如何收放那把長刀？

「咕嚕……唉呀，我才勞你久等啦！繼續進招吧！虛刀流的。」

「還進什麼招……你幹麼收刀啊？這樣怎麼決勝負？還是你擔心我認真起來，真會把刀折成兩半？」

「我並不擔心，即便你使出第二式也一樣。不過很遺憾，誰教我不是劍客，本領跟不上這把刀；若是因此敗在你手下，我這忍者可也忍受不住啊！」

說著，蝙蝠自顧自地哈哈大笑起來。

「虛刀流的拳腳功夫是不賴，但我若用忍術相抗，你根本不是對手。你的實戰經驗差得遠了。」

「……或許吧！」

這點七花亦不得不承認，畢竟這是他初試啼聲。

「方才我拿刀和你打，算是見面禮……是我『冥土蝙蝠』的壞習慣；接下來可要拿出真本事了。」

「大──大膽狂徒！」

如此大喝的又是咎女，嗓門或許比方才還大。

她看來已是氣急攻心。

「四季崎記紀的變體刀豈容你的口水玷汙！吐出來！立刻吐出來──」

「吐出來？唉！這隻小貓咪還真囉嗦。妳一個大姑娘家，別老是哇哇大叫的嘛！好，好，我吐出來總行了吧？」

蝙蝠異常順從地說道，只見他弓起背部，大大地吸了口氣，胸口、腹部與整個上半身如皮球膨脹。

這光景只能以詭譎形容，因此七花與咎女才被引去了注意力，反應也因而遲了一步。

「哈！」

蝙蝠並未吐出絕刀，反而一股腦兒地將先前吸入的空氣吐出。

不，不然；他吐出的雖非絕刀『鉋』，亦非單純的空氣；大量的手裏劍同時從他口中飛出，正和方才貫穿小屋牆壁的砲擊相同——

手裏劍砲！

這個忍者不只將手裏劍藏在身體裡，還能以身體為砲臺，同時發射大量手裏劍。

此人果然比虛刀流與變體刀更為驚人。

「嗚喔！」

這和飛腳踢來的沙煙大不相同，並非手掌所能拂去，其威力早已獲得驗證；更何況眼下距離如此接近，若被擊中，別說打出窟窿了，只怕連骨頭都不剩！

然而，七花卻未閃避；因為他心知躲避不及。

幸好七花現在使的是側身對敵的「水仙」，若是仍維持先前的「鈴蘭」架勢，或許便真的無力回天。

他以手腳護住軀幹，盡可能將受創面積減至最小；雖然手腳上難免中上幾鏢，卻能確實避開要害！

風聲颯颯，強風掃過七花周圍，幾乎吹倒他結實的身軀，但他捱下了。他捱下了——即使手腳上閃過一陣劇痛，他仍文風不動。

「嗚……嗚嗚，好痛……！」

饒是如此，七花仍忍不住呻吟幾聲。

細觀之下，手上插著四把手裏劍，腳上則有兩把。衝擊席捲而來的瞬間，他繃緊了肌肉，因此刺得並不深。對方丟出（吐出）的手裏劍不計其數，他卻只受了這麼點兒傷，已是不幸中的大幸；不，這並非幸或不幸，而是七花平時練武的成果。

「嗚，我還以為手腳會被剉成灰……啊！」

七花暗想不是喊疼的時候，連忙抬起臉來——這一點足以看出他的實戰經驗的確不足；臨陣交手時，萬不容許因度過區區一次危機而鬆懈寬心。

正因為如此——

「……咦？」

當他抬起臉來時，四周已空無一人。

真庭蝙蝠與咎女俱消失無蹤。

「人呢？」

三章 奇策士

■ ■

若要照課本上的順序來，或許在此應對奇策士・尾張幕府家鳴將軍家直轄預奉所——軍所總監督咎女這名白髮女子的生平略作介紹，但此節宜留待稍後再行敘述。其中一個理由是目前無暇提及，而另一個理由是——應有不少看官希望她多保持片刻神祕。不過，在此仍要稍揭咎女的底——咎女絕非忠於幕府之人。

她之所以蒐集四季崎記紀之刀，之所以來到不承島上，皆非為了幕府。奇策士咎女並非為利所動的忍者，亦非為名所動的劍客，卻是天下間最不忠於幕府的人。

咎女究竟所為何來？

揭曉這個祕密，亦是本故事的目的之一。

失策。

咎女暗自想道。

要問是何事失策，如今她已不甚明白；或許到這座無人島上來便是失策，又或許動起利用虛刀流的念頭才是失策。為何自己偏生選上了虛刀流？

虛刀流第七代掌門，鑢七花。

由先前的談話，咎女便瞭解他的腦筋有多麼不靈光，但沒想到他竟會愚蠢如斯，把全副心思放在比武上，卻將雇主忘得一乾二淨，太荒唐了。當然，若是七花不大意，便能閃避真庭蝙蝠的手裏劍砲嗎？只怕他依舊別無選擇。因此，縱使七花讓蝙蝠趁隙擄走了咎女，似乎也不該過分苛責；更何況眼下咎女仍非七花的雇主，而這一戰又是他初試啼聲——虛刀流或許不同於一般劍法，但武課中總不會有對手逃走時的應對之方這一項。

道理上是如此。

然而對手是忍者，卑鄙與卑劣為其招牌。

真庭蝙蝠說要以忍術相抗，而他確實說到做到。

一發射手裏劍砲，蝙蝠足點沙灘，只一步便逼近咎女身邊；當時咎女亦如七花一般驚異於那非人之技，一時大意，閃避不及——

不，即使咎女冷靜自處，毫無武功的她仍無法避開真庭忍軍十二首領之一的真庭蝙蝠；因為她是不屑攜刀佩劍、棄絕武藝的奇策士。

「好險，好險。那小子真是了得，簡直是匪夷所思，竟然轉眼間想出對付手裏劍砲的方法。換作一般人，肯定是想也不想、拔腿便跑。哈哈哈！不過，既然是妳找的幫手，自然有點兒本領啦！小貓咪。」

蝙蝠嘿嘿笑道，看著被草繩綁在樹幹上的咎女。當然，這條草繩亦是取自蝙蝠腹中，被口水沾得濕答答的。

蝙蝠扛著咎女奔入山林，東奔西走，縱橫馳騁——當然，他和今朝的咎女不同，為防留下腳印，大多於枝頭間飛竄——待他進入深處，才找個適當地方停下。蝙蝠動手時，咎女毫無抵抗之力；他先將咎女的雙手反綁於身後，接著又將她的身軀貼著樹幹五花大綁。

「可那小子還太嫩啦！或許適合比武，卻不適合打仗。畢竟是在這種孤島上長大的，說來也是無可奈何。」

「哼……懦夫！」

咎女罵道。

如今全身被縛，她也只能在口頭上抵抗。

「你不敢正面向虛刀流挑戰？」

「喂喂喂，妳胡說什麼？我既非劍客也非武士，犯不著堂堂正正決勝負。要是我這麼做，反而丟臉，會被弟兄們瞧不起。面對高手，力敵的是傻子，智取的才聰明，對吧？奇策士姑娘。」

「別把我和你這種下賤之輩相提並論！」

咎女咬牙切齒地說道：

「你只是揀個便捷的方法以強凌弱，我的奇策卻是以弱敵強的嘔心瀝血之計！」

「還真是大義凜然啊！不過，奇策士姑娘，對於妳那些不大義凜然之處，我可也摸得一清二楚呢！」

「啊……？」

「哈！總之我是忍者，不是劍客，別把我和錆白兵之流混為一談。」

蝙蝠傲然笑道，那張血盆大口裂得更開了。

「沒錯，妳和那虛刀流小子說的話，我在一旁聽得一清二楚。我是忍者，此乃天經地義，對吧？沒想到接下我擔子會是錆白兵——也對，沒他那個斤兩，怎配與真庭忍軍抗衡？不過連他都背叛了，妳已經山窮水盡啦！」

「原來你全聽見了……倒也不意外。」

「小貓咪，別一臉厭惡嘛！又不是偷看妳和情郎相會。話說回來，妳實在該小心點兒的。妳的腦筋不差，就是太沒防備。」

「…………」

咎女無言以對。

她明知這個男人的本領，卻完全沒想過他會易容成船夫。手裏劍砲之事她是不知，但真庭蝙蝠有何能耐，她卻該一清二楚。

「還有，就算不知道有人偷聽，也犯不著說那麼撩人的對白吧？『爾盡可放心愛上我』？唉呀呀，真是不鳴則已，一鳴驚人！妳當初怎麼不對我說這話呢？」

「……要是我說了，你就不會背叛麼？廢話少說，你想拿我當人質？」

「人質？這主意倒也不壞。」

蝙蝠裝模作樣地聳了聳肩。

「不過妳和那個虛刀流小子才剛認識，有無人質作用，我很懷疑。換作另一個小妞，倒是十拿九穩，鐵定成得了人質。」

蝙蝠洋洋得意。

咎女暗想他說的小妞定然是指七實。既然他從旁竊聽，自然知道七實的存在。

「不過還是罷了，那小妞看來也不是好相與的。本來想用本大爺攻無不克的手裏劍砲，一口氣收拾掉妳和虛刀流小子這兩個麻煩，沒想到卻被那小妞壞了事。」

「……………………」

咎女這才憶起當時首先對攻擊小屋的手裏劍砲有所反應的，便是七實。她主動進入手裏劍砲的射程之中，搶在手裏劍貫穿牆壁之前推了七花與咎女的肩膀一把。

鑢七實，不愧為虛刀流門人。

「反正這座島上也沒地方可逃，等我收拾了妳和虛刀流小子，再來解決那個小妞吧！」

「……要殺要剮，快快動手！」

「別裝得那麼乾脆，小貓咪。妳嘴上這麼說，其實肚子裡想著要怎麼擺脫我，對吧？妳肚子裡的水，可比我還濁啊！」

蝙蝠將臉湊上咎女眼前，距離近得可互往臉上吹氣。

「放心，我還有很多事得向妳請教，不會殺妳。之前的手裏劍砲也是衝著虛刀流小子，沒打算取妳性命；說要一併解決，只是玩笑話。當然啦，打成重傷的念頭倒是有，哈哈哈！」

「若你原先打的是這種算盤，該先學學下手時如何斟酌輕重。虛刀流門人便罷，我捱了那一下必死無疑。你根本不知我是何等弱不禁風。」

「這有什麼好說嘴的？照我的計畫，虛刀流小子多少能當妳的擋箭牌……我想請教的，當然是四季崎之刀的事——四季崎記紀的完成形變體刀，除了我腹中的絕刀『鉋』以外，剩下十一把在何處？持刀人是誰？模樣如何？」

「……………」

「妳說只查出六把刀的下落，但餘下的六把並非毫無頭緒吧？既然舊將軍在世時已掌握了所有刀的去向，憑妳引以為傲的軍所之力，應該能循線找出情報吧？」

「……………」

「當然，我也著手調查過——比方錆白兵得手後便跟著失蹤的薄刀『針』；這把刀可有意思了，刀如其名，薄如蟬翼，若從正上方看，幾乎看不見，唯有高手方能使用。『鉋』是以『堅韌』為重，而『針』則是以『輕巧』為重。不過正因為刃薄易斷，唯有出劍極為精準的高手才能使用。哈哈哈！我明白妳為何要命令錆白兵先去奪這把刀；因為當今日本能使這把刀的，也唯有錆白兵一人了。」

「……………」

「還有以『數目』為重的刀，叫什麼千刀『鎩』來著，是吧？合千為一的怪刀……這些消息我雖還查得出，但要是能把妳的情報也弄到手，便是再好不過；所以我才跟著妳到這座島上來。不過妳對那個虛刀流小子說的，也沒比我那時候多嘛！」

「………」

「悶不吭聲啊？呿！」

蝙蝠不悅地彈舌，離開了咎女。

「——我姑且問妳一句，要不要背叛幕府，和我聯手？我會分妳一份，不會全部據有己有的。」

「我拒絕。」

咎女立刻說道：

「我不相信為利所動之人。」

「妳還在氣我背叛啊？我不是說了？信任忍者才有問題。也對，妳是該生氣啦——」

「你一再口出此言，究竟是何——」

「罷了。」

蝙蝠兀自打住了話頭。

「老實說，現在真庭忍軍的十二首領正在比賽，看誰蒐集的刀多；賣刀所得的錢是大夥兒共分，但蒐集的刀越多，分得的份也越多。目前是我領先一步……不過對那些傢伙可不能掉以輕心，尤其是川獺那小子，最長於此道——若能和妳聯手，便是十拿九穩啦！」

「可惜你這回是必有一失了。」

「該說是萬無一失才對，因為接下來我可以盡情拷問妳……嚇得臉色發青了？哈哈哈！常言道：『服萬種刑，勝過受忍者調問毒刑』——這話說得誇張了，其實我們也沒那麼狠毒。」

「哼……」

「放心吧！我不會馬上動手，畢竟身邊也沒刑具。方才那第二陣手裏劍砲，已經耗盡了我身上『鉋』以外的所有武器；那招本不該一天用上兩次。所以我得等回本土以後，才能向妳的身子請益啦！在那之前，我先把虛刀流小子收拾了。」

虛刀流第七代掌門——鑢七花。

「競爭對手有我們真庭忍軍的弟兄們就夠了，錆白兵也得找個時間解決掉……哈哈哈！我可不希望拷問妳時，背後突然捱了記手刀！」

「……既然如此，方才何不繼續打下去？我瞧你並未被逼到非暫避其鋒不可的地步。」

「我不是說了嗎？以力敵力是傻子做的事，如今時代不同，已經沒人要真刀實劍地一對一決鬥啦！哈哈哈！再說，我這個不用劍的忍者和不用刀的虛刀流小子若是真來場真刀實劍的決鬥，那才滑稽吧？簡直和烏骨雞一樣滑稽——只不過滑稽非雞！我這笑話，妳聽得懂嗎？在妳這個奇策士面前說這些話，或許有班門弄斧之嫌——要生存，最簡單的方法就是不和比自己強的人交手；就算打個折扣，也別和有自己一半實力以上的人動手。只是方才聽妳那番教人笑掉大牙的大話，或許我這不叫班門弄斧，該叫對牛彈琴才是吧？」

「是叫瘋言瘋語。我才不會找不如自己的人當對手。」

「是嗎？看來我們志不同、道不合。」

「你認為七花並非常人？」

堂堂真庭忍軍的首領，竟如此評斷一個毫無實戰經驗之人？

「正面交手的話，的確不好應付；倘若我是劍客，說不定便輸了。不過我是忍者，卻有穩操勝算的方法。」

「欲以人為質，將對手誘入山中並趁機偷襲的人，竟有臉說這等大話？」

「不不不，我不是說過了？妳不見得有人質作用。再說，對那虛刀流小子而言，這座山就像自個兒的家一樣，完全是他的地盤，誘敵之計根本不管用；要是現在動上了手，反而是我不利。假如虛刀流找上門，來個一箭雙鵰，我可就沒戲唱了。」

「一箭雙鵰？」

可能麼？

咎女究竟有無人質價值，確實可疑；而那個蠢笨的男人在這種狀況會如何行動，也確非咎女所能預料。

聰明人不懂傻瓜的想法。

再說——

或許虛刀流……便是這般趕盡殺絕的流派……！

「所以我不會偷襲，而是從正面迎擊。」

「………」

「妳不相信，是吧？但妳應該很清楚我的忍法。」

真庭忍軍十二首領之一，真庭蝙蝠。

他的忍法，並非把數量、長度顯然超越物理界限的武器及繩索等各項物品放入體內。

這些伎倆只是他忍法的皮毛而已。方才蝙蝠雖說同為十二首領之一的真庭川獺長於此道，但咎女卻認為蝙蝠的忍法最能勝此重任，因此當初才會找上真庭忍軍。

只聽得咕溜一聲，蝙蝠的五官變了質。

他的雙手捏陶土也似地整治臉上的皮肉，不光是臉蛋，連整個頭顱都被他捏合擠壓一番——

「唔……好啦！這樣如何？像不像啊？」

尚不及數完十下數兒，蝙蝠便將自己的頭部塑造得與咎女如出一轍，活像是直接替換了項上腦袋一般。

這已非易容術三字所能形容。

豈只骨骼與肉質，連頭髮都隨之變長，髮色亦轉為雪白；就是額上的腫包，也模仿得維妙維肖。

「唔……！」

咎女早知他有這一手功夫，卻是每見必感不快。竟有忍法能隨心所欲的改造自身肉體的形狀、質感及色素！

蝙蝠便是如此化為咎女精挑細選而出的可靠船夫——因此，當七實提及船夫時，咎女便知砲擊小屋的必是真庭蝙蝠無疑。

枉費她如此小心謹慎，留意有無他人跟蹤；但她作夢都沒想到，真庭蝙蝠竟會與她結伴而來。

當然，真正的船夫只怕早已不在人世。

「這便是忍法骨肉雕塑——哈哈哈！對了，身體也得整理整理。哈哈哈！妳的身材倒還不賴！」

只聽得一陣筋骨扭曲之聲，蝙蝠的身體便由結實的男體變化為纖柔的女體。沒錯，在真庭蝙蝠的忍法之前，莫說體格大小，連男女差別亦毫無意義。

以下這句話用來形容忍者，或許過於老套；但這個真庭蝙蝠當真是「不識廬山真面目」——無人知曉他是男是女、是老是少，便連方才的模樣，也難保不是他造出的。說不定連他本人都忘了自己的原形為何。

柔忍者，真庭蝙蝠。

將出鞘長刀及赤裸裸的手裏劍放入體內卻能滴血不流，亦是仗著他那驚人的柔軟性。

柔軟無儔的他竟擁有堅韌無比的「鉋」，說來相當諷刺，卻是勢在必然。

因為咎女正是為此將奪「鉋」大任交予真庭蝙蝠，正如同她將奪「針」大任交予錆白兵一般。

待一陣手捻指掐、精雕細琢之後，真庭蝙蝠便活脫成了咎女；雖然這會兒時間已超過了十下數數兒，仍只在片刻之間。饒是短暫，對於只能眼睜睜看著自己成形的咎女而言，心頭仍不是滋味。

「大功告成！」

連聲音亦和咎女如出一轍。

蝙蝠以咎女的聲音哈哈大笑：

「妳是不是覺得我的聲音不像？一個人自認的聲音和別人聽見的聲音，可是大不相同；妳的聲音聽在他人耳中，便是如此。親耳聽見自己的聲音，感覺怪噁心的吧？」

這並非口技，與單純的聲調模仿全然不同。蝙蝠改變了聲帶的形狀，此時的他，或許連肺臟及其他器官都和咎女一致。

因此，他的聲音確實與咎女絲毫不差。

咎女覺得噁心，卻非因為親耳聽見自己的聲音。

沒想到竟連身體內部都被他盡數仿造了去。

「你扮成那副模樣……想鬆懈七花的戒心？」

「嗯，沒錯。這招卑不卑鄙，妳可沒資格評論啦！因為奪『鉋』的時候，用的手段也差不多。」

「………」

沒錯。

當時咎女將此人的變身術發揮得淋漓盡致。

「不──無論何時何地，妳都沒資格批評我。」

蝙蝠饒富深意地說道，又伸長了手臂往嘴裡探。咎女萬分不願他以自己的模樣做出這等舉動，但她被綁在樹幹上，無力制止。或許蝙蝠便是為了讓咎女品嘗這種無力感，才刻意在她面前露上一手。

過了片刻，他那拉出的手臂中多了個包袱，咎女一眼便看出裡頭裹著衣物。是啊！這男人化為船夫時，並未穿著這身怪異的忍裝。

「縱使我化身成妳的模樣，穿著這身寬鬆的衣服，照樣會被立刻識破。把妳身上的衣服扒下來穿應該也不壞，可惜我沒那種閒工夫；為防萬一，我才準備了一模一樣的衣服。」

蝙蝠將衣物放在包袱裡，自是為了避免沾上口水；而船夫的裝束想來亦是如法炮製，裹在包袱裡收進腹中。莫非這男人的胃袋與四度空間相連？這當中的神祕色彩，光憑柔軟性三字實在難以說明；當然，忍術原本便是一種不解之謎——

「哈哈哈！妳寫奏章時，記得註明衣服是我自個兒帶的，免得上頭的人想歪了——話說回來，到時妳呈的應該不是奏章，而是謝罪表！」

「……有這麼個荒誕不經的忍者出場，可難下筆了。」

「哈！說得也是。呿，妳幹麼穿這麼貴的衣服啊？我是討了收據，卻不知能不能報銷，搞不好要我自掏腰包，想來便心疼。不過和四季崎記紀的刀一比，這點兒花費也算不上什麼，只是九牛一毛。」

「見利忘義之徒——你不覺得可恥麼？」

「不覺得。要我說幾次？如今時代不同啦！使詐取勝，別人才會稱讚你有腦筋、夠機靈。或許妳又要堅持奇策士不然吧？」

蝙蝠迅速脫下忍裝，換上包袱裡的錦衣華服，手臂時而以人類骨骼所不能為的動作調整背後的腰帶；只見他兩三下便整裝完畢，穿上同為事先備好的雪屐，最後將忍裝重新放入包袱中裹起，張嘴吞下。

「還有，裙襬得這樣扯開……好啦！這下便一模一樣了。哈哈哈！要是化妳的模樣上尾張城去，應該也挺有趣的吧？到那兒去大鬧一場，害妳變成通緝犯，到時妳就算不願意，也得助我一臂之力啦！」

「愚蠢……你斷不能長時間變身，更何況應酬的人一多，必然會露出破綻……」

「妳別當真嘛！我是在開玩笑，幹麼這麼嚴肅？這個忍術要是能把腦袋瓜裡的東西也一併複製，可就方便多了，看來我的修行還不到家……唔？對了，妳腰間的玩意兒上哪兒去了？本來不是帶了把格格不入的寶刀嗎？那把刀被沒收以後，就扔在小屋裡不管啦？」

「……嗯。」

沒錯。

咎女並無佩刀習慣，因此追趕二人時，並未動過帶刀同行的念頭；縱使她想，七實也不肯輕易還給她。更何況咎女毫無用刀的才能。

「那就沒辦法啦，只能用『鉋』解決他了。憑這個身體的筋骨，不可能打贏那小子……手裏劍又全撒光了。」

「你以為你勝得了他？」

「勝得了。倘若對手和妳一樣對我的本領一清二楚，勝負還在未定之天；但虛刀流小子以為我只會從肚子裡拿劍，瞧他那性子又毫無心機，對於偷襲應該沒抵抗力。唉，生長在這種祥和的小島，也難怪他如此。」

「你不是要正面進攻麼？」

「我是說過要正面進攻，但沒說要光明正大進攻。要是能化為那小妞，就更加穩當了，可惜我還沒看過她的相貌。早知道我不光是偷聽，還要偷偷瞧上幾眼。對了，那小妞怎麼了？還留在小屋裡嗎？」

「……」

應當是。

無須前往觀戰，交給舍弟便是；若是姑娘想見識虛刀流的本領，請自便吧──七實當時是這麼說的。

七實果真非常信賴七花；然而，咎女一想到自己目前的落魄模樣，便覺得七實的信賴完全是出自偏袒。當然，她無須為此將七實的下落告知蝙蝠。

咎女一言不發，並未回答。

蝙蝠似乎也沒期待她回答，說道：

「算了，不重要。等我順利幹掉虛刀流小子，再化身成他去收拾小妞。這座島也就這麼丁點兒大，即便她逃走也不難找。抱歉，妳就在這兒等我吧！」

「嗚──慢，慢著！」

真庭忍軍與錆白兵先後背叛，若是虛刀流傳人又被殺，咎女便真的山窮水盡，再無蒐集寶刀之計。

無論失策與否，如今的咎女只能仰賴虛刀流；她已無奇策可施。

豈能在此功虧一簣！

「有什麼妨礙？」

蝙蝠頂著咎女的臉孔，瞇起眼睛笑道：

「無論我殺或不殺，總之那小子是不會幫妳的。『爾盡可放心愛上我』？好動聽的對白！當初怎麼不對我說呢？我會這麼回妳：『天下間沒人會瞎了狗眼愛上妳！』」

「……」

「我的確是為財倒戈，但要是一開始就知道妳的為人，我根本不會和妳合作。剛才邀妳入夥，也是為了再次反叛妳。」

蝙蝠又重複方才之言：

「天下間沒人會瞎了狗眼愛上妳！」

■■

真庭蝙蝠並無生平可談。

他——在那值得驚嘆的本領明朗化之後，究竟是否應以「他」字描述，令人存疑；但為了方便起見，仍做「他」字記——自出生於真庭里以來便是個忍者，是在忍者的忍者教育之下朝著忍者之路邁進的忍者。

他既無價值觀，亦無人生觀；時候到了，便繼承首領之位，如此而已。

既生於不屬任何諸侯國的真庭忍軍，蝙蝠這般處世之道自是天經地義，甚至堪稱為忍者的典範。真庭忍軍以單獨行動為本，並非出於不睦；只是因為人人皆是以一敵千的高手，倘若聯手，反而阻礙彼此施展手腳，是以向來獨來獨往。蝙蝠在真庭里十二首領之中，已算得上是較為可靠之人，全里潛逃的荒謬之議並非由他提出；然而製造機會的人，卻是他無疑。

四季崎記紀的十二把完成形變體刀。

這是真庭忍軍的最後一筆買賣，只要做成了，從今以後不必活在陰霾之下、躲躲藏藏；屆時，他們便能真正地重見天日。

該煩惱的是上哪兒找變體刀的買主，畢竟這些刀把把價值連城，買得起的人不多。這個國家除了長崎的部分地域之外皆處於鎖國狀態，看來得到海外找買主。不如索性舉里遷徙至海外，反正這個國家沒有他們的容身之地——從來不曾有過。

「……當務之急——」

蝙蝠以奇策士咎女之聲喃喃自語：

「得先收拾掉虛刀流小子。」

為了防止綁在樹上的咎女出聲呼救，引來虛刀流小子或他姊姊，真庭蝙蝠拿出布條堵住了她的嘴（至於布條是從何而來，如今應已無須說明才是），接著便立即展開行動。

他早已撒下了天羅地網。

蝙蝠抱著咎女奔入山林後，為防七花尾隨，東奔西走、縱橫馳騁了一陣；其實他同時又留下了蛛絲馬跡——當然，皆是假的——為的便是將七花引至截然不同的處所。

對此島此山瞭若指掌的人，才能發現那些蛛絲馬跡，才會中這誘敵之計。七花鮮少接觸生人，正是他的弱點；不曾上過當、吃過虧的人，自然識不破這些陰謀詭計。

總歸一句，薑是老的辣。

果不其然，鑢七花中了誘敵之計，來到了蝙蝠埋伏的處所——正是今早七花背著木盆前來打水的湧泉旁。當然，蝙蝠並不知這一節；他所求的是地形開闊之處，而這汲水場在鑢家二十年來的勤於整理之下，地形自然變得開闊。

此時的七花不懂何以痕跡突然憑空消失，顯得手足無措；而蝙蝠便從枝頭上觀察他的一舉一動。

瞧他長身結實，卻不過於壯碩，手腳長得恰到好處；刺入肉裡的手裏劍已然拔出，也止了血。大氣不喘一口，顯見他心肺強健。

處處皆是無可挑剔。

蝙蝠在真庭里亦是日日用功不怠，才能有今日的成就；而鑢七花練武之勤，顯然不下於他。蝙蝠原本是為了方便事後化為七花收拾留在小屋中的七實，才著眼觀察七花；但七花的身軀實在太過完美，竟讓蝙蝠忘卻目的，看得出了神。

真庭蝙蝠能化身成任何人，但前提是必須有範本。現實中不存在的人——比如身長超越十丈、力大無窮的巨漢——他是無法化身的。這一點就和藝術相同，模仿容易創造難；就現階段而言，忍法骨肉雕塑為模仿之技，卻非創造之技。

正因為如此，蝙蝠才覺得七花這一身橫練的筋骨美麗。

他甚至一反常態，為七花感到惋惜。

不，由他那「那身武藝若能賣掉，肯定值不少錢」的思考觀點看來，倒也不算一反常態。

真箇可惜。

只能說七花運氣不好。

虛刀流以不用刀劍的劍法聞名，但七花的初戰對手卻非劍客，而是忍者；這名忍者所持的四季崎之刀，又是以「堅韌」為重的絕刀「鉋」——

既無法在劍法上一較高下，亦無法斷刀取勝，真是倒運至極。

不，要說倒運，打從被咎女看上的那一刻起，七花便倒了運；若非如此，又怎會牽扯上真庭忍軍與四季崎之刀呢？

然而，說來也玄，蝙蝠的直覺卻又認為七花並非池中物。

不如拉他入夥吧？

運用首領特權，延攬七花入新真庭里——

不成。若是換個情況，或許還有這門選擇；但這回的任務是真庭忍軍的最後一筆買賣，十二首領間的競爭更是讓蝙蝠卯足了勁，查出數把四季崎之刀的下落。待回到本土拷問咎女後，應該還能再問出幾把；既然如此，便不該揀在這種關頭橫生枝節。

七花的運氣真的太差了，令人同情。會有這種念頭，當真不似蝙蝠的作風。

「怪了——」

七花在湧泉四周來回踱步，漫不經心地自言自語：

「——怎麼回事啊？他們跑哪兒去了？」

「…………」

雖然七花四處張望，但蝙蝠屏氣斂息，斷不會被發現。蝙蝠心中暗想：這小子也煞是奇怪。蝙蝠不知咎女有無人質功效，才出此計策；但拿不知有無人質功效的人當餌，可釣得到魚？這又是個賭注。沒想到，七花居然輕易上鉤了。

七花以「他們」二字概括蝙蝠與咎女兩人，可見得他只是因蝙蝠逃走才隨後追趕，便如野獸的天性一般。就這層意義而言，蝙蝠未以咎女為質，是正確的判斷；因為咎女連當餌的價值也無，何以為質？倘若這是賭注，蝙蝠顯然賭輸了一把，但結果倒還不壞。

這次定能殺掉他，萬無一失。

蝙蝠檢查腹中的絕刀「鉋」；「鉋」的收放方向與方才相反，刃上柄下。按照計畫，他將就近偷襲七花，屆時自然無暇探臂入口，將「鉋」取出。若他這麼做還能不暴露身分，那可真是奇蹟了。

因此，蝙蝠打算由體內直接發射。

這回不是手裏劍砲，而是刀劍砲，正為直刀所長的突刺軌跡。

他不能明目張膽吸氣，因此威力難如平時那般驚人；但只要一氣將「鉋」吐出，要貫穿近在眼前的對手心臟，應非難事。縱使四季崎之刀把把非比尋常，非堅韌無儔的「鉋」，亦無法用於這種絕招之上。

「……好，該下手了。」

蝙蝠已大致摸清七花的形狀，殺害七實的準備業已萬全。七花已發現自己追丟了人，再吊他胃口也沒意思；要是讓他離開此地，可就功虧一簣了——無論手裏劍砲或刀劍砲，都不是狹窄之處所能施展的招數。

咎女從樹上出現未免顯得怪異，因此蝙蝠下梯子也似地踩著垂直的樹幹，悄然無聲地落地。

接著，他一個箭步縱入汲水場。

既然要下手，便不能有半分遲疑。

咎女是如何稱呼虛刀流小子的？

鑢？七花公子？

不，她與蝙蝠談話時是直斥七花名號，在本人面前應當亦然。

話說多了，難免露出馬腳。

蝙蝠盤算著裝成被擄後見機逃脫之態，並直接奔向七花，二話不說抱住他——雖然蝙蝠所知的咎女斷不會這麼做——接著將之刺殺。

「——七花！」

「——啊？」

聽見真庭蝙蝠以咎女之聲呼喚，鑢七花回過頭來。

■
■

鑢七花果如真庭蝙蝠所料，純粹是因為對手逃走才隨後追趕。他不知道這些蛛絲馬跡是蝙蝠故意留下，被引到了湧泉邊的汲水場。

痕跡憑空消失，七花卻沒發現自己中了計；他與父姊不同，對兵法一無所知，若是對手旁敲側擊便沒轍了。瞧他一心深信某處必留有痕跡、瞪大眼睛凝視的模樣，已不只滑稽可笑，而是引人同情了。

──換作是爹，會怎麼做？

七花尋思。

換作鑢六枝，會如何應付手裏劍砲？或許換作鑢六枝的話，早在第一回合使出「菊」時，便斷了那把絕刀也說不定。那把刀號稱不折不損，但落在鑢六枝手中，能否保全？

七花不明白。

不過，若是身為第六代掌門的父親──

大亂英雄。

「…………」

忍者。

四季崎記紀的變體刀。

對七花而言，樣樣皆是未知的領域，未知的世界。

七花跟著有大亂英雄之譽的高手六枝習了十九年的武，並未因此自詡無敵；但真庭蝙蝠的忍法與四季崎之刀的性質，仍是大出他意料之外。他的心情，猶如見了浩瀚海洋的井底之蛙。

海──

七花尋思：莫非這類人在本土中比比皆是？蝙蝠曾說他是真庭忍軍十二首領之一，換言之，還有十一個人能幹出那種事？而未集齊的四季崎之刀共計十二把，代表那等異質之刀尚有十一把──

只要渡過這片海，便可得見。

「…………」

但是，姊姊該怎麼辦？

如今父親已死，七花斷不能拋下體弱的七實離開這座島——不，他也明白這個理由無法徹底說服自己。

一家之主是七實，七花身處被保護的立場，卻過分保護七實；他心知肚明，即使少了自己，精明能幹的姊姊仍能安居無憂。

七花只是離不開姊姊而已——不，這話也不對，真正的理由更糟。

說穿了，七花只是嫌麻煩；他懶得離開這座島，飄洋過海回本土。當初對姊姊找的藉口，反而最接近真相。

——事到如今，哪還能回本土？

——自己對外界一無所知，亦無意求知。

「……………」

咎女說她是搭船來的；換言之，有艘現成的船停靠於不承島。

萬事俱全，只欠東風；只要有個足以讓他出島的理由——但七花不求利，不求名，什麼理由能打動他？

——爾盡可放心愛上我。

他突然憶起咎女之言，不由失笑。不，這可成不了理由。不過——

——唔？

這麼一提，那個忍者說他化身為船夫到這座島上來；但聽咎女之言，她和蝙蝠似乎並非初識，早在奪「鉋」之前便有往來。咎女也說過軍所曾雇用真庭忍軍辦了不少差事。

既然如此，何以咎女沒發現蝙蝠與自己同坐於一條船上……？虧她自詡為奇策士，一再強調自己是如何智珠在握——

莫非蝙蝠用了易容術？不，易容云云，未免荒唐。

「……唔……」

此時七花若再深思一步，或許便能猜出真相；當然，要他猜出蝙蝠非是易容而是變身，未免強人所難，但卻不無可能。

只可惜七花懶病又犯，竟在此刻停止思索。比起這個疑問與出島理由，找出那兩人才是當務之急。

是否該先回姊姊身邊一趟？她應該正在小屋裡喝著茶水吧！

正當七花暗自思量之際，一道人影從背後出現。

「七花！」

是咎女。

被擄走的咎女竟步履蹣跚地撥開草木，走上前來。

當然，那並非咎女，而是化身為咎女的真庭蝙蝠；但蝙蝠連腳步也模仿得維妙維肖，饒是事先知情的人亦分辨不出。

「——啊？」

更何況不識蝙蝠功夫的七花，自然無從區別。

「虛刀流——『牡丹』！」

饒是如此，七花回頭時卻順勢扭腰起腳，使了記虛刀流獨門的後方迴旋踢——「牡丹」，左腳腳刀正中咎女——真庭蝙蝠的腹部。

蝙蝠吃了這臨門一腳，身子一屈——

「嘔！」

「鉋」的刀尖便應聲被擠出體內。

蝙蝠全未設防，渾身上下都是空隙——想當然耳，既然喬裝為咎女，渾身上下沒半點兒空隙，反而可疑——如今腹部捱了這麼一下，受到的衝擊自是莫大。他當場俯身狠狠嘔吐起來。

「鉋」的偌長刀身隨之出現，事先吸入的空氣也在受這一擊時朝空一吐而盡。

奇襲完全失敗。

蝙蝠連刃帶柄地吐出整把「鉋」後，方以咎女的面容怒目相視。

他這副喬裝居然沒瞞過七花？

莫非七花方才思索之時，竟爾猜出了真相？不，並非如此。真相二字，堪稱與七花最為無緣的字眼。

那麼，是七花發現了咎女與蝙蝠之間的差異嗎？饒是真庭忍軍十二首領之一的真庭蝙蝠，模仿他人時亦難免差之毫釐；而七花便是瞧出了這毫釐之差？不，也非如此。蝙蝠的忍法骨肉雕塑絕非此等雕蟲小技。

那是因為殺氣？真庭蝙蝠在胸中蓄滿空氣，企圖就近投「鉋」為砲，貫穿七花心臟；而島生島長的七花感受到了這股殺氣，身體搶在思考之前先行反應？不，更非如此。能完全屏氣斂息的蝙蝠，豈會消除不了殺氣？

更何況——

「……哦？仔細一瞧，這不是咎女嗎？」

鑢七花根本不知身後接近的人物是真庭蝙蝠，甚至未曾察覺來人頂著咎女的外貌。

「唔？可是妳從嘴裡吐出長刀……難道本土的人都會這招？……仔細一瞧，這不是絕刀『鉋』嗎？」

「…………！」

打個比方。

七花對於不承島上的一草一木瞭如指掌，甚至能區別每一株木、每一根草；這是因為他每日見慣了這些花草樹木，耳濡目染之下，自然分辨得出。

相反地，尋常人見了貓狗魚鳥，除非平時便熟悉慣見，否則看來皆是一個模樣。這並不侷限於動物，即使同為人類，異邦之人的長相看來也都大同小異，要在人群中找出相識不久的人，更是難上加難。人類的頭腦，無法立時區別生疏的物事。

接著問題便來了。自懂事前便已居住於不承島上、只認得父姊兩人的七花，可分辨得出真庭蝙蝠與咎女？

憑體格之差？

他們倆的差距可有成犬與幼犬那般大？

憑男女之別？

有多少人能一眼分辨魚的雌雄？

憑聲調之異？

尋常人豈能從鳥叫聲聽出性別？

那麼憑衣衫、髮型、髮色呢？錦衣華服、晶瑩皓髮——七花豈能盡數記住！

父親過世後，鑢七花一眼能辨的人類只剩下自己與姊姊七實。反過來說，蝙蝠根本無須使用忍法骨肉雕塑，亦能騙過七花；只要他真如對咎女所言一般，不從背後靠近，而是正面進攻——

七花便不會因背後突然有人出現，而不加思索地送上一記腳刀。

「呼……呼……」

「啊！原來如此，我懂了，這就是變身術？聽說狐狸和狸貓有這種能力，沒想到人類也會，真意外。呃，所以你是那個忍者沒錯吧？」

「畜——畜生！」

蝙蝠無法起身。

這不光是因為他中招時毫無防備。虛刀流的腳刀威力無窮，若是正中目標，一擊便可令對手無法再戰。雖然蝙蝠投「鉋」為砲的陰謀未能得逞，但幸好他事先將堅韌的絕刀吞入腹中，否則難保不被這記「牡丹」踢斷脊骨。「鉋」成了意料之外的防護，卻也因此將衝擊分散至他的全身內側，令他一時之間無法動彈，猶如俎上魚肉。

「嗯，這樣『鉋』就算得手了？──唔……」

七花交互打量蝙蝠與滾落在地的「鉋」，喃喃自語：

「咎女要我使傻一點兒的武功，但這招『牡丹』似乎稍嫌樸實；也罷，我替她收拾了這種能化身成別人的棘手貨，她該感謝我才對。這下奏章可好寫多了吧？倘若登場人物表裡有個擅長易容的人，豈不是見了角色出場就得疑心是不是冒牌貨？多麻煩！」

「嗚……你……」

蝙蝠半是嗚咽地對七花說道：

「你堅持要幫這婆娘嗎？」

「啊？」

「你甘願受這婆娘利用？替這婆娘辦事，不會有好下場的……」

「不，這不是幫不幫手的問題。」

利用？

他方才說了利用二字——

「我剛才那麼說，只是替她慶幸找回了絕刀『鉋』——」

「你聽這婆娘說話，不覺得奇怪嗎？」

蝙蝠仍蜷曲在地，繼續說道：

「為何事到如今，幕府又動起蒐集四季崎之刀的念頭？」

「呃，不就是害怕有人造反？先前的大亂若是由十二把刀的主兒掀起——」

「這理由雖然正確，卻太過冠冕堂皇。你不認為嗎？」

「……………」

七花確有同感，他也曾想過或許有弄巧成拙之虞。

「當今的幕府已不似舊將軍那般為四季崎之刀的錯覺所惑，變得務實許多；

這次的尋刀之令只是這婆娘平步青雲的手段，不過是為了成就奇策士咎女——

軍所總監督大人的豐功偉業而進行的任務。」

蝙蝠說道，語氣裡充滿惡意。

「尋刀之令並非幕府上位者主動下達，而是這婆娘提議的。當然，最後下令的還是將軍——不過這婆娘只是自己點火，又自己滅火罷了。說什麼『我個人對此看法頗不以為然』、『但成命既下，我便無權置喙』，其實這次蒐集四季崎之刀，根本是為了這婆娘的一己之私、飛黃騰達！」

「飛黃騰達……」

七花頗難領略這個字眼。

「她貴為軍所總監督，官位不已經挺高了嗎？」

「沒錯，官位是挺高的。不過這婆娘並不滿足，還想往上爬……你也煞是老實，不懂得懷疑人；一個黃毛丫頭能爬到組織的頂點，肯定幹過不少骯髒事。實力至上的世界可不多見啊！」

「……」

「第一眼見到這婆娘時，我便覺得毛骨悚然。她眼神中的野心太嚇人，明擺著為達目的不擇手段，一心想利用真庭忍軍；也不想想我們真庭忍軍可是眾所畏懼的暗殺集團啊！簡直異想天開……」
蝙蝠說道：
「虛刀流的，你也被利用了。和這婆娘在一起，只會被壓榨，得不到任何好處。」
「……所以你先一步背叛她？」
「沒錯，就算不為錢，我也不會聽命於這婆娘。這婆娘不肯滿足於目前的官位，你倒猜猜她的最終目標是什麼？……次代將軍的御側人！」
「咦……？」
蝙蝠哈哈笑道，笑容雖苦，卻又帶樂。
「看來縱使是島生島長的純樸小子，也知道這個野心有多大。沒錯，現任將軍年事已高，不久後便會退位；成為新將軍的御側人代表何意義，你總該懂吧？」
「天下——」
那便等同掌握天下。
——爾可想得天下？

咎女找上七花時，開門見山便是這句話。

這不是談論四季崎之刀的前言，竟是她自己欲得天下！

倘若此言屬實，咎女的野心未免太大。

她欲將四季崎之刀的錯覺化為現實，而蒐集寶刀只是達成野心的手段之一——

「……不過——」

七花雖驚訝，仍如此說道：

「這也沒什麼好非議的。我爹曾教過我，既然投身組織，想出人頭地是人之常情。當然啦，你們這些被利用的人心裡難免不快活——」

「被利用倒無所謂，反正人生在世，就是利用別人和被人利用。問題是在於被利用的理由。想出人頭地是人之常情？是啊！但這婆娘的野心也太過火，一個人打不了仗，便想靠政治鬥爭奪得天下？」

「…………」

的確，她未免搞錯了時代。

如今已非戰國之世，人心思安。

「為了蒐集四季崎之刀，我獨力打聽了不少消息。真庭忍軍素以暗殺聞名，但探聽情報的功力倒也不差，尤其我的忍法最長於此道。這次是和其他首領競爭，因此我格外賣力，竟爾讓我發現了有趣的事實……不，該說是乏味至極的事實。」

「你說話怎麼拐彎抹角的？話說在前頭，我腦筋不好；你要這麼說話，我可聽不懂。總歸一句，便是在你打聽之下，發現了咎女想成為次代將軍御側人的野心，對吧？」

「沒錯。但我並未就此停手，因為我心中仍有疑惑。這婆娘不滿足於軍所總監督之位，應該還有其他理由；才會甘冒被我和錆白兵背叛的危險，蒐集四季崎之刀。」

蝙蝠咳了幾聲，似乎連說話都痛苦；然而，他的身體其實已逐漸復原，只是七花聽得太過入迷，竟未發現。

「這婆娘是先前大亂的主謀飛驒鷹比等的女兒。」

真庭蝙蝠指著自己說道。

聞言，鑢七花猶如晴天霹靂。

——先前的大亂雖是記憶猶新，但叛亂者的雄心壯志，卻是無可厚非。

咎女曾對七花如此稱許叛亂者的雄心壯志。

「假如生對時代，她可是一國一城的公主。人人皆以為飛驒一族冠上了謀反的大逆罪名，最後被滿門抄斬，無一倖存，其實卻有個幼子活了下來。那婆娘是在哪兒長大、何時混入幕府，我不知道；不過她為了出頭，可是不遺餘力。她當上次代將軍的御側人之後有何企圖，應該是一目了然吧？」

「企圖？」

「仔細一想，也難怪她不肯滿足於軍所總監督之職。這地位的確不低，但還不足以謁見退位後的將軍啊！」

只聽得咕溜一聲，蝙蝠的身體蠢動，皮肉漸漸變化；但七花卻渾然不覺。

如今的七花無暇他顧。

飛驒鷹比等——七花聽過這個名字，是從父親鑢六枝口中聽來的。

大亂英雄——虛刀流第六代掌門鑢六枝曾提及這個大亂主謀之名。

「她鐵定是想報仇。」

蝙蝠斷言：

「或許是報滅門之仇，或許是繼承父親遺志，重掀大亂。哈哈哈！不過我倒覺得應該是前者。畢竟那婆娘眼睜睜地看著自己的家族一一被殺，那頭白髮也是當時給嚇出來的！」

此時蝙蝠的頭髮已非白色，正逐漸化為凌亂的黑髮；因此他不說「這頭白髮」，卻說「那頭白髮」，口中的「這婆娘」也改為「那婆娘」。

「…………」

然而，見了這赤裸裸的光景，七花依舊文風不動；此時的他驚疑不定，心亂如麻。

飛驒鷹比等──奧州的地頭蛇，飛驒鷹比等。

大逆罪人。

虛刀流第六代掌門鑢六枝常對七花與七實談起此人──談起自己的手刃叛軍首領的英雄事蹟！

只不過此事卻非外人所知。

大亂結束後立即被流放外島的鑢六枝及虛刀流，成了黴尾家的忌諱──事實上，真庭蝙蝠登上此島之前從未聽過虛刀流，自然也不知殺了飛驒鷹比等的便是六枝。或許是他未曾打聽此事，但即使有心探問，也不易得知。

然而，咎女應當知情；因為她便是當事人。

——虛刀流的鑢六枝，我是只聞其名，未見其人。

這是謊言。

她眼睜睜地看著父親被六枝所殺，豈會不認得六枝？

正因為她深知虛刀流的可怕之處，才到不承島上來。

這麼說來，假如父親——假如六枝未死，她打算託殺父仇人蒐集四季崎之刀嗎！就連七花亦是仇人之子啊！

難道她不認為這是失策？

不，她必然認為。有著如此過去的人，豈能不認為前來此島是錯誤的決定？

然而，她被真庭忍軍與錆白兵先後背叛，已別無選擇。

「這種叛軍出身的蠹蟲，有什麼資格罵我見利忘義、卑鄙無恥？哈哈哈！我是專攻暗殺的忍者，很清楚那婆娘在打什麼算盤；那雙眼裡的其實不是野心，而是熊熊燃燒的報復心，只能以瘋狂形容。我是為了錢辦事，但她呢？不為了錢，卻要翻天覆地，大爺我豈能奉陪？喂！虛刀流的，難得你練就了一身好武藝，卻被那婆娘當成利用工具，不覺得窩囊嗎？」

——聽清楚了，我並非襲爵。

咎女亦曾出此言。

雖說七花事先不知情，但他竟不識好歹地詢問六枝是否為咎女之父的部屬；當時咎女便是如此回答。

如蝙蝠所言，七花太過天真純樸，完全不知咎女的心路歷程。

她是為了繼承父親遺志，才成為奇策士的。

「……方才那番話——」

七花低聲問道：

「你說是你獨力打聽來的——代表目前知道的，只有你一個？」

「啊？……嗯，可以這麼說。那又如何？」

「若是如此——」

七花擺開架勢，雙掌成刃——卻是虛刀流第二式「水仙」。

「只要在這裡把你收拾掉，這些不利於咎女的情報便不會外洩了？」

「……？啊？什麼？」

蝙蝠顯然無法理解七花的宣戰布告。

「你在胡說什麼？莫名其妙！你該氣惱的是那個婆娘，為何反而對我同仇敵愾起來？」

蝙蝠不明白。

被關在這方圓四里小島上長大的七花是如何心境，蝙蝠決計無法瞭解——七花打從心底認定父親鑢六枝是位英雄人物，對於大亂英雄四字深信不疑。他的劣等意識自然是出於敬愛之情。雖然七花從不當面說肉麻話，但他對前代掌門卻是愛戴於心；是以六枝建造的小屋被破壞時他勃然大怒，又被姊姊戲稱為孝子。即使落得流放外島的遭遇，七花仍深信鑢六枝是正義之士。

因此，過去他竟蠢得從未想過——大亂英雄的手下，也有被害者。

這或許是男女莫辨的七花首次意識「他人」的一刻。

「虛刀流第七代掌門鑢七花，便來領教你幾招！」

「你……也罷！」

蝙蝠原想揭穿咎女的企圖以削減七花的戰意，想不到反而激發了他的鬥志，可說是一大失算；饒是如此，他依舊達成了第一個目的——爭取療傷及變身時間。

「我也是虛刀流第七代掌門——鑢七花。」

於七花眼前起身的，竟是七花。

長身瘦軀、頭髮散亂，處處皆與鑢七花絲毫不差。

真庭蝙蝠屈著身子，以咎女之事引開七花的注意力，並趁機從內側改造自己的身體；雖然未能削減七花的戰意，卻爭取到多於預期的時間，完成複製。

蝙蝠的聲音自然亦和鑢七花如出一轍，只不過他身穿咎女的錦衣華服，是以尚可分辨真假。

「……聲音不像嘛！」

七花如此反應，但蝙蝠無暇重複方才對咎女所做的解釋。

雙方嚴陣以待，一觸即發。

「哈哈哈！老實說，我的忍法適合暗殺，卻不適合攻擊；要說絕招，也只有手裏劍砲一項，而那招已被你所破。若是我又以原形和你過招，贏家應該是你。」

「…………」

聽了這道以自己模樣發出的聲音，七花仍是絲毫不為所動。

「不過現在呢？肌力、臂力與腳力皆是勢均力敵——不，你手腳俱被手裏劍砲所傷，反而是我較為有利。」

「唔……」

七花冷靜未失，說道：

「既然你打的是這種如意算盤，何不乾脆變成更強的高手？比如那個叫錆白兵的劍客也行。哦！你沒見過他是吧？不過既然你經驗老到，總該認識比我高明的人吧？」

「果然是初出茅廬的小子，天真的教人羨慕。那些人不見得比你高明，因為勝敗也有相生相剋之理——就好比石頭雖然勝過剪刀，雖不敵輸給剪刀的布。既然如此，該怎麼辦才好？當然是拿強過石頭的石頭來挑戰啦！」

「……話說在前頭，這點兒小傷並不礙事。若是我剛受傷之際，或許還有機可乘；但現在已經不痛不癢啦！」

「是嗎？那就算是伯仲之間，石頭對石頭，平分秋色。」

化為七花的蝙蝠看了腳邊的「鉋」一眼。

方才自他口中吐出的絕刀「鉋」，為四季崎記紀的十二把完成形變體刀之一；不折不損，削鐵如泥，與虛刀流最是相剋！

「但有了這玩意兒，我這個石頭可就厲害多啦！」

「…………」

「虛刀流門人為不使刀劍的劍客，但不使刀劍的劍客用起刀來，總強過不用刀吧？這下子管他相生相剋，我可是穩操勝算啦！」

蝙蝠志得意滿。

絕刀「鉋」就落在蝙蝠腳邊，要拾起是輕而易舉；即使七花有爭奪之意，他與絕刀的距離大過蝙蝠太多，如今腳力相同，勝負自然是由距離決定。

「以力敵力是傻瓜幹的事，只要能輕鬆取勝，便是美計良謀。啊，隨你愛罵我卑鄙或卑劣都行，只要不是那婆娘，誰罵我都無所謂——我還真巴不得你罵呢！」

「我看你似乎有點兒誤會。」

七花冷冷地瞧著自鳴得意的蝙蝠。

「虛刀流正是不用刀劍才厲害。」

「啊？那只是表面話。若是功力相等，赤手空拳怎能強過兵器在手之人？莫非你自認你的手刀和腳刀比真刀還要鋒利？」

「所以我才說你誤會了。虛刀流不是因為善使手刀與腳刀，才被稱為不用刀劍的劍客——虛刀流劍客即是一把以人為形的日本刀，若是持刀，便如狗養狗一般多餘。坦白說，我不認為會輸給拿刀的自己，因為——」

「好啦！夠了，不必再找藉口；等你說完，太陽都下山啦！這種事在人為的論調，你到別處去發表吧——比方極樂世界！接招吧！另一個我！」

「是嗎……那就放馬過來吧！另一個我。我會露一手忒俊的功夫收拾你——便是我虛刀流的獨門絕技！」

噠！

蝙蝠搶先踏出一步，七花則是以靜制動，等待對手出招。

見蝙蝠拾起「鉋」，他並不阻止，只是豎掌為刃，靜待自己的身影砍向自己的身體。第二式「水仙」與第一式「鈴蘭」相同，皆屬後發制人之招；由於雙掌直豎而非橫擺，是以攻擊距離比「鈴蘭」稍長，但也僅差之毫釐，在長刀跟前等於全無分別。

「喝喝喝！報復絕刀！」

蝙蝠雙手緊握絕刀刀柄，一躍而起，比起在沙灘時縱得更高。若論立足點的好壞，汲水場自是好過沙灘許多；但更重要的是，鑢七花的肉體能如實反映出這份差距——他具備了這等腳力。

蝙蝠的臨空一擊隨著更大的重力劈落——

「哈！……咦？咦！」

不，並未劈落。

隨著重力自半空落下的蝙蝠根本握不住絕刀，還談什麼劈落？絕刀「鉋」失去了主人，遠遠地在他頭上打轉旋繞。

「豈……豈有此理！」

「縱使得等到太陽下山，你還是該聽我把話說完的。」

地上的七花朝著空中的蝙蝠說道：

「剛才對你說的，的確只是事在人為之類的表面話……而要說實話嘛，其實虛刀流門人代代缺乏劍術才能——不是不使刀劍的劍客，而是不善使刀劍的劍客！」

鑢七花亦然。

鑢六枝亦然。

當然，第一代掌門鑢一根亦然——

正因如此，身為劍客的一根才會動起這空前絕後的棄劍念頭——不然，豈有人會為了克服弱點而捨棄長處？

「尤其我打從娘胎出生以來，今天才頭一次看到刀……你要複製肌力、臂力與腳力，倒是無妨；但實力這一項萬萬不該複製啊！另一個我！」

「啊……嗚，嗚——可恨，我居然……！」

蝙蝠失去了刀，獨自落下；如今重力成了他的敵人，無論他如何心急，皆已無力回天。

追根究柢，真庭蝙蝠的敗因只有一個——扣除為人姊的偏袒之情，照理說，身經百戰的真庭蝙蝠斷不可能輸給毫無實戰經驗的七花。

真庭蝙蝠的敗因，便在於絕刀「鉋」。

他過度執著於使用絕刀。

起先蝙蝠真的只當是送份見面禮，因此尚能一度自制。然而，蝙蝠並非劍客，而是忍者；縱使耗盡了手裏劍砲，也不該一而再、再而三地以「鉋」決勝負。他會如此，正是刀毒蔓延全身的證據——枉費他如此小心提防。

四季崎之刀的毒性——手持此刀，便欲斬人。

「不過，幸虧你放開了刀——若是正中我這獨門絕技，便是『鉋』我也有自信折斷。對了，你知道我為何說這招是獨門絕技嗎？因為這是我昨天剛想出來的絕招！」

七花對茫然落下的蝙蝠如此娓娓道來。

虛刀流共有七式絕招。

第一招．『鏡花水月』。

第二招．『花鳥風月』。

第三招．『百花繚亂』。

第四招．『柳緑花紅』。

第五招．『飛花落葉』。

第六招．『錦上添花』。

第七招．『落花狼藉』。

「至於各招的廬山真面目，便留待下個月以後揭曉。而我這招呢，是以上述七式同時攻擊對手；套用你的說法，便是天下無敵的『剪刀石頭布』。平時光是其中一招的威力，便足以將對手一刀兩斷；現在一口氣使上七招，可在瞬間把敵人大卸八塊——所以我起了這樣一個名字。」

如此這般，七花便遵照咎女的要求，露了一手俊俏至極的功夫。

「虛刀流，『七花八裂』！」

■ ■

掙不開，鬆不得。

無論如何掙扎，縛住身體的草繩依舊文風不動——看來蝙蝠似乎用了相當特殊的繩結，想必即是所謂的忍者結。咎女咬牙切齒地想道：倘若沒被堵住嘴，我便乾脆咬斷繩子！

豈能敗於此事？

豈能敗於此地？

拋家棄名，捨去一切——踩著屍山血河鬪成的道路，竟得斷送在這座無名島上麼？若能集齊舊將軍亦無法集齊的四季崎之刀，成功將千把刀收歸幕府之下，自己的「計畫」便只差最後一步了啊！

咎女賭上生涯的奇策，竟落得功敗垂成？

——爹爹。

只差一步，便能替爹爹報仇雪恨了！

爹爹的遺志！

爹爹的遺恨！

「————！」

找上虛刀流，果然是失策。

她是被鬼迷了心竅。

再怎麼走投無路，也不該相求於殺父仇人；縱然求的不是本人，也是他的兒子啊！說什麼真正的敵人是幕府、真正的敵人是將軍，分明是自欺欺人！非但如此，甚至答應替虛刀流——替六枝平反。即便情勢逼人，豈能應允替殺父仇人平反！

到頭來依舊落到這般田地，真箇是丟人現眼。

這還算得上是將門之女麼？

「……………」

被真庭蝙蝠帶回本土拷問之後，咎女必會招出所知的變體刀情報。咎女對於自己的口風有自信，但她畢竟未受過捱刑訓練，只要忍者拿出真本事，她一刻也承受不住。逼問一個人的方法多得是，咎女也略知一二；而真庭忍者所知只怕不下萬倍。

既然如此，不如在醜態畢露之前自我了斷——

「——呵！」

咎女笑了。

她無視於口中的布條，從容自若地笑了。

「呵呵呵呵呵呵呵——」

鄙夫之見！

掙不開、鬆不得的不是這條草繩，

是我的意志；

不折不損、削鐵如泥的，是我的奇策。

對，我是奇策士——縱然身陷苦境，亦能想出扭轉乾坤的奇策！過去如此，今後亦然！

為報父仇而忍辱利用仇人虛刀流，那又如何？嘔心瀝血，何足道哉！

知曉咎女生平的人，多半認為她的一頭鶴髮是出於滅門之際的恐懼，然而實情並非如此。

她是因憤怒而白了頭。

她早已對這頭白髮立誓——

縱使眾叛親離，

引恨招怨，

受盡天下人厭棄，亦誓必完成使命！

「哦……」

有道人影穿過草叢，往這個方向而來。是真庭蝙蝠麼？他已經回來了？但也未免太早——不，倘若是以刀劍砲決勝，勝負自是在轉瞬之間；照這樣看來，還嫌太晚了。

咎女欲擄袖揎拳，亦不可得，只能對著那方向怒目而視。

然而，來人見了她的目光，卻說了句「原來如此」。

「原來如此，原來如此。那傢伙說的就是這種眼神啊？不過忍者說的話還真是不可盡信，我倒覺得炯炯有神，很威風啊！」

「……？……！」

現身的竟是鑢七花。

這又是何故？……不！蝙蝠不是洋洋自得地說過？待他收拾了七花，便要化為七花去殺害七實——此刻他正要前往……不，必然是完事返回了！他又去殺了七實，是以如此晚歸！但他為何還維持這副模樣？原來如此，他打算化身為七花，由咎女口中套出情報。蝙蝠賣弄此等小聰明，以為她會被這種三流把戲所騙？奇策士也真是讓人瞧扁了！

思及此，咎女才發現鑢七花手上的東西。

那是四季崎的十二把完成形變體刀之一，絕刀「鉋」。

他似乎連拿刀的方式都不懂，竟隨手拎著柄尾，曳著長長的刀刃，刀尖在地面上拖呀拖的。

若是蝙蝠，應會收入腹中才是。

這麼說來，這個鑢七花是——

「仔細一想，說不定那個忍者也有父母、手足或小孩；不，鐵定有。那他們也會恨我嗎？」

「…………」

「……總之——」

七花將「鉋」隨手往咎女跟前一插；

幸好這是絕刀，不至於因此折損。

不是囑咐過他要小心對待麼！

「頭一把到手啦，咎女。」

「…………？」

頭一把？

這話是什麼意思？彷彿還有後續似的——

他的口吻猶如對她保證大事定成。

「妳可別誤會，我這是為了妳。我既非利欲薰心，也沒中四季崎之刀的毒，更不是為了幕府——只是想替妳做點兒事。」

接著，七花對咎女微微一笑。

他對未來一年的旅伴如此說道：

「我決定愛上妳了。」

終章

■ ■

——於是乎，故事回到了卷頭場面。

七花與咎女飄洋過海，由不承島來到了京都的冰床道場。

練武場上，鑢七花已擺脫六名男子的包圍。

方才爭先恐後攻擊七花的眾人，如今皆雙眼翻白，昏厥在地，無人復能起身。

六人的木刀甚至未能掠過七花之身，便一起倒下了。

「——精彩！」

倚牆而坐的咎女心滿意足地拍手，對著七花的背影說道：

「可惜我的眼力不好，看得不甚分明。方才便是收拾真庭蝙蝠的招數麼？莫說六人，便是七人也能同時打發，確實高明——不過，若是有八個敵手時該如何應付？」

「我是算作八把刀——這種狀況可能發生嗎？」

「自然可能，畢竟變體刀的主兒還有十一人啊！」

咎女說道。

七花喃喃覆述：

「十一人啊？這可麻煩了。」

「不光是如此。真庭忍軍尚有十一個首領，此外還有最強劍客……不，如今已成了墮落劍客的錆白兵；至於嘍囉嘛，更是不計其數。話說回來，見爾懂得手下留情，令我安心不少。那些人只是昏迷，手上木刀也一把不斷——這可是要緊事。」

「有這麼要緊？」

「自然要緊。『絕刀』是不斷之刀，所以這次才能完璧歸趙，但接下來可沒這麼僥倖。我一再耳提面命，別以為爾是以實力勝過了蝙蝠；若非蝙蝠聰明反被聰明誤，爾焉能得勝？說穿了，不過是運氣好罷了。」

「嗯，這點我不否認。剛才順口說了幾句大話，其實我還是可能打輸的。」

「我的任務，便是不讓爾吃敗仗。策士或許會聰明反被聰明誤，但奇策士斷不會如此。今後無論打鬥或生活，爾皆得聽我指示，明白麼？」

「好，包在我身上。」

七花立即點頭，答得爽快。

「這話代表我已通過妳的考驗，對吧？那好，咎女，妳現在有什麼指示，儘管說出來吧！」

「現在嘛……只有四項。」

「哪四項？說來聽聽。」

「第一項我方才也說過，不許斷刀。不，非但不許斷刀，亦禁止對刀做任何攻擊，只准防禦。有堅不可摧之譽的唯有絕刀『鉋』，其他十一把只怕沒這麼堅韌；我希望能在分毫不損的情況下得到四季崎之刀。換言之——無論刀在對方或我方手上，爾都得善加保護。」

「明白，我會好好保護刀的。第二項呢？」

「爾須保護我。雖然此行的目的是集齊四季崎之刀，但若我死了，便是前功盡棄。像這次坐視我被人擄走的情況，更是萬萬不能容許。爾須得保我毫髮無傷。」

「明白，我會好好保護妳的。第三項呢？」

「保護好爾自己。」

咎女說道：

「這話並非為爾著想。在集齊四季崎之刀前，不許爾有三長兩短。倘若為得一把刀而身負重傷，要得下一把便是難如登天，因此我不許爾有絲毫損傷。」

「明白，我會好好保護自己的。第四項呢？」

「保護好爾自己。」

咎女又給了相同答案，隨即起身；她拖著衣襬，背過身子步出道場，因此七花看不見她的表情。

「這話……卻是為爾著想。」

「…………」

「別死。這趟旅程前途坎坷，但千萬別死——辦得到吧？我可不許爾說辦不到，快快應允。」

「——非常明白，我會全部照辦。」

七花亦移動腳步，跟上咎女。

「接下來呢？妳不是說要先蒐集兩、三把刀，再去尾張嗎？」

「雖然虛刀流聞名遐邇，但要帶爾這般無名小輩晉見，只有區區一把刀當見面禮，似乎不妥；再說，絕刀也只能算是失而復得。第二把是斬刀『鈍』，以鋒利為重，無堅不摧；持有人名喚宇練銀閣，乃是因幡人氏……詳情我路上再說明，先替爾打點幾套衣衫吧！隨我來。」

「知道了。我愛妳。」

「嗯，爾大可盡情愛我。」

■　■

——如此這般，這兩人便行啟程，踏上了前途茫茫的尋刀之旅。

然而，直到故事尾聲，方知傳說中的刀匠四季崎記紀打造千把變體刀——包含十二把完成形在內——「全是」為了虛刀流……為了造出一把獨一無二的虛刀「鑢」。

饒是奇策士咎女，眼下亦無由得知此節。

（絕刀・鉋——得手）
（第一話——完）
（第二話待續）

登場人物介紹 い

真庭蝙蝠

年齡	不詳
職業	忍者
所屬	真庭忍軍
身分	十二首領
所有刀	絕刀『鉋』
身長	五尺八寸三分
體重	九十三斤十二兩
興趣	陶藝

必殺技一覽

報復絕刀（斬）	⇦⇧⇧⇨ 斬斬
報復絕刀（突）	⇦⇧⇧⇨ 突突
手裏劍砲	⇩（聚）⇧突
刀劍砲	⇩（聚）⇧斬
忍法骨肉雕塑	⇩⇩⇨⇨⇧⇧斬＋突＋踢

下回預告

交戰對手	宇錬銀閣
蒐集對象	斬刀・鈍
決戰舞臺	下 酷 城

後記

近來聽了許多人的故事，見了許多人的案例，時常思考起沒有才能的重要性。人類基本上是懶惰的，假如有了點小才氣，往往便會疏於應做的努力，最後落了個高不成、低不就；最糟的便是因為有了那點小才氣而不知見好就收，既不努力，又不死心……身為人類，可說是相當悲慘的情況。說得極端一點，這種不上不下的小才氣不如沒有，尚有助於努力。缺乏的人總是比擁有的人渴望擁有，因此往往能比擁有的人得到更多。打電玩亦然，初期條件越嚴苛，打起來越帶勁；兩者間的道理應是相去不遠。沒有才能，便能專心努力，以獲取足以匹敵才能的事物；這是相當美好的長處，能將人生變得更為豐富。當然，人嘛，難免認為有才能總贏過沒有，能不勞而獲更是再好不過；或許小才氣是無勝於有，但卓越超群的才能卻是有勝於無了……話說回來，這種觀點似乎又頗像沒有才能之人的藉口。有人將開花結果的努力稱之為才能，或許值得做為參考。總歸一句，左右並決定一個人的人生的，應當不是「做得到什麼」，而是「做不到什麼」才是。

關於本書的走向呢，現階段還說不大準，應該會是個爭奪十二把刀的劍客故事。目前計畫出十二卷，本書便是第一卷，餘下尚有十一本，每一本蒐集一把刀；但視討論結果而定，搞不好半途會突然殺出個宇宙篇，這就不是作者所能預測的了。總之，我會抱著剛出道時的心情來寫這部作品，尚請各位不吝指教。替我將登場人物與登場寶刀視覺化的是誰，想必不用我說，各位也知道；沒錯，便是竹。對我來說，執筆寫這個系列的最大誘因，就是欣賞竹繪製的精美插畫。前途茫茫這四字，堪稱是故事內外皆然；「刀語」的第一回絕刀・鉋，便在這種情況下誕生了。

在此深深感謝伴我踏上這段無謀旅程的每一位讀者。

西尾維新

本書乃應十二個月連續刊行企畫『大河小說 2007』所寫下之作品。

浮文字
刀語 第一話 絕刀・鉋
（原名：刀語 第一話 絶刀・鉋）
作者／西尾維新　插畫／take　譯者／王靜怡
執行長／陳君平　榮譽發行人／黃鎮隆
協理／洪琇菁　國際版權／黃令歡
執行編輯／呂尚燁　美術編輯／李政儀
企劃宣傳／洪國瑋
發行／英屬蓋曼群島商家庭傳媒股份有限公司城邦分公司　尖端出版
台北市中山區民生東路二段一四一號十樓
電話：（〇二）二五〇〇—七六〇〇（代表號）
傳真：（〇二）二五〇〇—一九七九
中部以北經銷（含宜花東）／楨彥有限公司
電話：（〇二）八九一九—三三六九
傳真：（〇二）八九一四—五五二四
雲嘉經銷／智豐圖書股份有限公司　嘉義公司
電話：（〇五）二三三—三八五二
傳真：（〇五）二三三—三八六三
南部經銷／智豐圖書股份有限公司　高雄公司
電話：（〇七）三七三—〇〇七九
傳真：（〇七）三七三—〇〇八七
一代匯集／香港九龍旺角塘尾道六十四號龍駒企業大廈十樓B&D室
電話：（八五二）二七八三—八一〇二
傳真：（八五二）二七八二—一五二九
馬新經銷／城邦（馬新）出版集團　Cite(M)Sdn.Bhd.
E-mail：Cite@cite.com.my
法律顧問／王子文律師　元禾法律事務所
北市羅斯福路三段三十七號十五樓
二〇二二年九月二版一刷

■中文版■

郵購注意事項：
1. 填妥劃撥單資料：帳號：50003021戶名：英屬蓋曼群島商家庭傳媒（股）公司城邦分公司。2. 通信欄內註明訂購書名與冊數。3. 劃撥金額低於500元，請加附掛號郵資50元。如劃撥日起 10～14日，仍未收到書時，請洽劃撥組。劃撥專線TEL：(03) 312-4212 ・ FAX：(03) 322-4621。E-mail：marketing@spp.com.tw

國家圖書館出版品預行編目資料

刀語 / 西尾維新 著 ; 王靜怡譯. -- 2版.
--臺北市：尖端出版, 2022.09
面 ; 公分. --(浮文字)
譯自:**刀語**
ISBN 978-626-338-406-4 (第1冊 : 平裝)
ISBN 978-626-338-407-1 (第2冊 : 平裝)
ISBN 978-626-338-408-8 (第3冊 : 平裝)
ISBN 978-626-338-409-5 (第4冊 : 平裝)
ISBN 978-626-338-410-1 (第5冊 : 平裝)
ISBN 978-626-338-411-8 (第6冊 : 平裝)
ISBN 978-626-338-412-5 (第7冊 : 平裝)
ISBN 978-626-338-413-2 (第8冊 : 平裝)
ISBN 978-626-338-414-9 (第9冊 : 平裝)
ISBN 978-626-338-415-6 (第10冊 : 平裝)
ISBN 978-626-338-416-3 (第11冊 : 平裝)
ISBN 978-626-338-417-0 (第12冊 : 平裝)

861.57 111012170